KB266707

나는 매일 아침 피를 봅니다

아홉 살, 1형 당뇨로 마주한 좌절 끝에
삶을 사랑하게 된 한 사람의 기록

박상욱 지음

나는 매일 아침

피를 봅니다

SIGONGSA

아홉 살부터
삶을 연습한 이야기

어느 무더운 여름날, 저는 밀폐된 공간에서 열심히 노래를 연습했습니다. 분명히 에어컨이 냉방으로 설정이 되어 있는데, 송풍이 나오는 건지 가슴팍에 땀이 흐르곤 했네요. 하지만 저는 이런 환경에 아랑곳하지 않고 목청을 높였습니다. 두 달 뒤에 밴드 공연이 예정되어 있었기 때문입니다. 취미랄 것이 없었지만 노래 부르기만은 유일하게 좋아했습니다. 혼자 코인 노래방에서 발라드를 부르면, 방금이라도 이별을 당한 사람처럼 감정에 푹 젖어들곤 했습니다. 그럴 때마다 이렇게 느꼈습니다.

'아! 내가 진짜 좋아하는 건 이거구나!'

그래서 아주 잠깐은 가수가 되어볼까 하는 뜬금없는 꿈도 꾸었습니다.

하지만 제 장점 중 하나가 분수를 잘 안다는 것입니다. 그래서 꿈 대신 취미로 즐기자고 마음먹었고, 자연스럽게 학과 동아리 밴드에 보컬로 들어갔습니다. 제 공연을 보러와준 고마운 분들을 위한 멋진 공연을 하고 싶었습니다. 그런데 하필이면 첫 무대에서 팔자에도 없는 록 계열의 노래를 부르게 됐어요. 발라드만 부르던 제가 분위기에 떠밀려 부르게 된 겁니다. 저는 승부욕이 발동해서 보컬 학원을 등록했고, 두 달 동안 성실하게 개인 지도를 받았습니다. 신기하게도 발성을 제대로 배우기 시작하자 그동안 닿지 않던 고음에 도달하기 시작했습니다. 콩나물이 햇빛만 잘 받으면 쑥쑥 자라는 것처럼, 제 실력도 빠르게 자라는 기분이었어요. 이대로만 쑥쑥 자라면 무대를 씹어 먹을 것만 같았습니다. 공연일이 다가올수록 저는 긴장하기보다는 오히려 설렘을 느꼈어요. 무대에서 입을 의상을 준비하고, 관객을 향한 제스처를 고민하며, 상상 속에서만 수십 번 공연을 연습했습니다. 모든 계획이 완벽하게 맞물려 돌아가는 듯했어요. 이제 무대에서 멋지게 샤우팅을 하며, 공연장을 씹어 먹을 일만 남았다고 생각했습니다. 복싱계의 전설 타이슨 형님이 남긴 명언이 있습니다.

"누구나 그럴싸한 계획을 갖고 있다. 한 대 얻어맞기 전까지는."

저도 인생 첫 무대를 위해 그럴싸한 계획을 그렸지만, 무대에 올라가 한 대를 제대로 맞았습니다. 긴장한 탓이었을까요? 심장이 폴짝폴짝 뛰기 시작하더니, 호흡이 턱 막히면서 록을 부르는 건지 랩을 하는 건지 저조차 구분할 수 없는 소리가 튀어나왔어요. 그리고 하이라이트에서 떡하니 음을 놓쳤죠. 그래도 그 공간에 있었던 사람들이 함께 웃으며 즐긴 것만으로 저는 만족하며 무대를 내려왔습니다. 이때 깨달았어요. 인생이라는 게, 애초에 계획대로 되는 경우가 훨씬 드물다는 사실을요.

하지만 후회하지 않았어요. 그만큼 얻은 것도 있거든요. 두 달 동안 열심히 연습했던 그 기간이 제 삶을 더 귀하게 만들어주었습니다. 그리고 생각했습니다. 살아가는 이유는 태어날 때 주어지는 것이 아니라, 살아가며 하나씩 만드는 거라고요. 제 삶을 귀하게 만들 시간을 갖는 것도 살아갈 이유 중 하나일 거로 생각했습니다.

세상이 넓은 만큼 다양한 사람이 존재합니다. 통계에

따르면 2025년 기준 세계 인구는 82억 명이라고 합니다. 그 안에는 수많은 다수와 존재조차 잘 드러나지 않는 수많은 소수 집단이 함께 살아갑니다. 그리고 저는 바로 그 소수에 속한 사람 중 하나입니다. 이 소수 집단에 속한 개인은 어떤 방식으로 살아갈까요? 그 대답은 셀 수 없이 많을 겁니다.

서론이 길었습니다. 이쯤에서 미리 말씀드릴 것은 이 책은 피 튀기는 스릴러도 아니고, 눈물범벅된 투병 기록도 아니라는 사실입니다. 그저, 남들이 특별히 고민할 필요 없는 일들 때문에 반복해서 부딪히고 넘어졌던 한 사람의 기록입니다. 거의 삼십 년 동안 삶을 연습했던 이야기입니다.

요즘 건강에 관심이 커지면서, 혈당 관련 용어들을 쉽게 들을 수 있습니다. 혈당 스파이크, 공복 혈당, GI 지수 등이 대표적인 예시겠네요. 저는 아홉 살에 혈당이라는 단어와 친해져야만 했습니다. 1형 당뇨를 진단받았기 때문입니다.

제 몸속에서는 인슐린이 만들어지지 않습니다. 췌장은 단식 투쟁이라도 하듯이 인슐린 생산을 완전히 멈춰버렸어요. 그래서 저는 아홉 살에 스스로 주사 맞는 법을 배워야 했습니다. 남들이 스티커 모으고 구슬치기하던 나이였습니다. 그렇게 약 삼십 년 가까운 시간이 지나, 지금 제 몸속 인슐린 생성량은 0입니다.

그사이 저는 수많은 공포와 불안, 외로움을 느꼈습니다. 그렇게 홀로 사막을 걷는 듯한 기분이 오래도록 이어졌습니다. 하지만 버텼습니다. 오아시스를 발견할 때까지요. 그 과정에서 저는 삶을 긍정할 수 있는 근거들을 하나씩 찾아다녔습니다. 그랬더니 이 세상도 살만하다는 생각이 들더군요. 제 이야기가 흔치 않은 경험일 수도 있습니다. 하지만 나의 힘으로 어쩌지 못하는 삶은 누구나 겪을 수 있는 이야기입니다. 누군가는 이미 이 길을 걷고 있을지도 모릅니다. 그래서 저는 이 기록이 작은 창문이 될 수 있기를 바랍니다. 삶을 다른 각도에서 바라볼 수 있는 창. 조금은 낯선 세계로 당신을 데려갈 수 있는 창.

당신을 초대합니다. 제 이야기 속으로.

그곳에서 당신을 기다리며
박상욱

차례

1

내가 바꿀 수 있는 것은 오직 나뿐

나도 1퍼센트의 사람

서열을 매기는 게 익숙한 문화에서 숫자 1이 주는 의미는 막강하다. 우리 사회에서 1%는 상위라는 수식어와 함께 자주 사용되는 걸 보고 자랐다. 상위 1% 소득, 상위 1% 집단과 같은 세상처럼. 물론 그들의 삶에도 나름의 고충이 있겠지만 외부인인 내 시선에서 부러움이 이는 건 어쩔 수 없다. 그런데 남들의 부러움을 받기에 어려운 1% 집단도 있다. 내가 여기에 속해 있다. 나는 우리나라 당뇨 인구 중에서도 약 1%에 불과한 1형 당뇨인이다.

당뇨라는 말을 들어본 사람은 많겠지만 그 앞에 숫자

를 붙여 표현하는 건 생소할 것이다. 1형 대신에 소아를 붙인다면 더 친숙할 수도 있다. 예전에는 소아 당뇨라는 잘못된 이름으로 불렀다. 신생아와 나이 어린 친구들에게서 자주 발생했기 때문이다. 하지만 지금은 나이와 상관없이 발생하기 때문에 1형 당뇨가 정식 명칭이다. 1형 당뇨의 의학적 정의는 인슐린 의존성 당뇨다. 인슐린 주사가 있어야만 살 수 있는 질환이다. 바이러스 감염 등에 의한 자가 면역 질환이라고 정의되어 있지만 원인도 확실치 않다. 게다가 의학 교과서의 당뇨병 부분에서도 단 몇 줄로 설명되어 있을 만큼, 알려지지 않은 미지의 세계다. 영화와 미디어 같은 매체에서도 잘 다루지 않는다. 소수라서 그럴 것이다. 이런 세계관에 들어온 이상, 나를 포함한 1형 당뇨인은 하나씩 적응해야 한다. 그래야 사회에서 말하는 평범함을 유지할 수 있기 때문이다.

아침 공복과 식사 후, 식사 중간, 자기 전. 이 시간대에 1형 당뇨인은 안정적인 관리를 위해 혈당 체크를 해야 한다. 하루 최소 8회 이상 하는 게 좋다. 췌장이 고장난 덕분에 인슐린을 외부에서 주입하기 때문이다. 최근에는 피부에 부착하는 연속 혈당 측정기와 인슐린 펌프 같은 신문물 덕분에 관리가 편해졌다. 지금부터 하는 이야기는 신문물이 나오기 전, 혈당 체크법의 구석기 버전이다. 주사기를 통해 외부에서 인슐린을 투여하면 혈당 변동성이 커진다. 시간차 때문이다. 이 시간차는 인슐린을 맞은 후 효과가 나타나는 시간과 식사 후 혈당이 올라가는 시점 사이의 차이를 말한다. 하루 세 끼를 먹는다면, 적어도 하루 세 번의 혈당 쓰나미를 두 팔 벌려 맞이해야 한다. 즉 혈당을 내리려는 인슐린과 소화되기 전 음식이 혈당을 올리는 사투를 벌이다 누가 승리하느냐의 문제다.

보통 나의 인슐린 투여 횟수는 하루 최소 4회다. 때때로 혈당 조절을 위해서 하루 6~8회까지 투여하기도 한다. 인슐린을 맞기 위해 나는 학교나 직장에 가면 꼭 새로운 루틴을 만들었다. 이 루틴을 완성하기 위해 여러 번 수정과 반복을 거쳐야 새로운 환경에 적응할 수 있다. 이것이 가능하기까지 나에게는 비밀스러운 공간이 필요했다. 곧이어 등장하는 여성처럼.

낮 시간대면 한 여성이 한 호텔의 19호실로 들어간다. 그녀의 이름은 수전 롤링스. 이곳에서 수전은 아무것도 하지 않고 온전한 자유와 평온을 느낀다. 수전은 아주 평범한 가정에서 아내와 부모로서 역할을 하다가, 자신만의 공간을 잃어버리게 된다. 그래서 19호실은 그녀에게 살아갈 이유를 제공해주는 공간이었다. 도리스 레싱의 소설 《19호실로 가다》의 내용 중 일부다.

나에게도 수전의 19호실 같은 비밀스러운 공간이 있다. 바로 화장실이다. 이곳에서 나는 은밀한 의식을 치른다. 혈당 측정기라는 신에게 나의 피를 제물로 바치는 게 의식의 핵심이다. 신의 응답에 따라 인슐린 주사라는 집행관이 지시를 내린다. 혈당 측정 결과가 좋으면 안심하지만, 그 반대의 경우엔 반성의 시간을 갖고 집행관의 꾸중을 들어야만 한다. 그렇게 나는 화장실에서 일희일비하는 순간이 많았다. 하지만 그곳은 일상의 긴장과 불안을 해소할 수 있는 공간이기도 했다.

나만의 19호실에서 루틴을 만들 때는 요령이 필요하다. 우선 새로운 곳에 가면 분위기를 잘 살펴야 한다. 학교에서는 교수님 성향에 따라 수업 종료 타이밍을 미리 알아두는 게 좋았다. 정각에 마치는 경우가 많지만, 수업에 대한 열정이 넘치는 분은 쉬는 시간까지 사용하는 경우가 많기 때문이다. 이처럼 교수님 특징을 미리 알아두면 나만의 의식을 위한 시간 계산이 편해진다. 그 덕분에 의식 장소에 뛰어갈지 걸어갈지 미리 생각할 수 있다. 또 직장에서는 업무에 방해가 되지 않도록 한가한 틈을 타서 화장실에 가야 한다. 하지만 내가 화장실에 가야 할 때와 일이 한가한 경우가 일치하기는 어려웠다. 때때로 혈당 측정을 못 할 때에는 '내 혈당이 지금 괜찮을까?' 하는 불안이 엄습하기도 했다. 그럴 때마다 내 마음은 일터를 떠나 나만의 19호실에 있었다. 그래서 최대한 화장실 가는 빈도를 줄이고 효율을 높여야 했다. 그러다 한 번씩 내 처지가 처량하게 느껴질 때가 있었다. 특히 비위생적인 환경일 때 이렇게까지 하며 살아야 하나 싶을 때가 있었다. 그래도 나는 해내야만 했다. 그렇게 나는 화장실에서 오장육부의 찌꺼기를 배설하는 동시에, 일상의 불안도 함께 흘려보냈다. 그렇게 화장실은 내 삶의 19호실이자 동반자와 다름없게 되었다.

어쩌면 나는 화장실이라는 공간을 통해 세상과 관계 맺는 연습을 해왔는지도 모른다. 바깥에서는 항상 누군가의 시선을 의식하고, 정상과 비정상의 경계에 선 사람처럼 조심스러웠다. 하지만 문을 닫은 그 공간에서는 내가 조금 더 솔직해질 수 있었다. 때로는 피가 잘 나오지 않아 바늘로 손끝을 찌르길 몇 번을 반복했고, 그렇게 눈에 보이지도 않는 미세한 틈으로 나오는 핏방울을 보며 삶에 대한 의지를 다졌다.

누군가에게 화장실은 그저 그런 공간일 테지만, 나에겐 오늘 하루를 버틸 이유와 용기를 줬던 조용한 은신처였다. 그렇게 나는 오늘도 어딘가에서 문을 닫고, 숨을 고르며, 다시 세상 밖으로 나갈 준비를 하고 있을 것이다.

세상에서
내가 바꿀 수 있는 것은
오직 나뿐

내 몸에는 모양이 제각각인 문신이 있다. 누가 새겨준 것이 아닌 생존의 자국이다. 복부나 허벅지 혹은 삼두근에서 종종 관찰된다. 색깔도 빨강, 파랑, 노랑, 초록으로 알록달록하다. 이것의 정체는 인슐린 주삿바늘로 인한 멍이다. 뾰족한 주삿바늘이 피하 지방을 뚫고 들어왔다가 나가기에 종종 피멍이 들고는 한다. 처음엔 선명한 붉은색이었다가, 시간이 지나면 보랏빛을 머금고 푸르스름해진다. 때론 여러 색이 겹쳐서 수채화처럼 번지기도 한다.

인슐린 주사는 피하 지방에 투여하는 것이 원칙이다.

더불어 주삿바늘이 피부와 수직이 되도록 투여하는 게 좋다. 피부에 비스듬한 각도로 바늘이 꽂히면 통증이 있기 때문이다. 지금은 4mm 길이 바늘 덕분에 안전하게 투여할 수 있지만, 내가 어릴 때만 해도 바늘은 길었고, 고통은 당연한 결과였다. 그러다 주사 부위에는 멍이 들거나 멍울이 발생하기도 했다. 마른 체질이었던 나에게는 한 가지 고충이 더 있었다. 피하 지방 층이 얇아서 바늘이 근육층에 잘못 꽂힐 때가 종종 있었다. 그럴 때마다 나는 이 악물고 울음을 삼켜야만 했다.

참 묘한 게 요즘은 가끔 그 통증이 반갑기도 하다. 고통의 카타르시스랄까. 게다가 몸에 새겨진 그 무늬를 보고 있으면 나만의 훈장처럼 느껴질 때도 있다. 어느샌가 나는 그 무늬를 삶에 대한 애착으로 받아들이게 됐다. 하지만 이렇게 받아들이기까지 오랜 시간이 걸렸다.

화장실에서 의식을 치르며 일희일비하고, 알록달록한 멍을 감상하다 보면 나는 일상에서 예민의 끝판왕이 되기 일쑤였다. 어릴 때 나는 이 예민함을 누구나 배려해줘야 한다는 생각으로 특권처럼 여겼다. 누구에게나 견뎌야 할 삶의 무게가 있을 텐데, 내가 다른 사람의 세상에서도 중심인 양 행동했다. 특히 나는 가족에게 짜증 섞인 어조로 말하며 집안 분위기를 망치는 주범이었다. 집에서 새는 바가지가 밖에 가서도 샌다는 말처럼, 어린 시절 나는 불평 많은 투덜이였다. 당연히 교우 관계도 원만할 수가 없었다. 부모님은 이런 나를 많이 걱정했을 것이다. 외동아들로 자라며 배려에 익숙하지 않았던 탓도 있었을 테다. 그래서 부모님은 나의 독불장군 같은 모습을 마주할 때면 정신이 번쩍 들도록 훈계했다. 그 덕분에 내가 적어도 1인분의 삶을 살고 있다고 생각한다. 청개구리 같은 아들 때문에 고생했을 부모님을 생각하면 여전히 죄송하고 한편으론 감사하다.

어느덧 1형 당뇨와 함께한 지 올해로 약 삼십 년이 됐다. 나는 이 오랜 세월을 거치면서 한 가지 습득한 능력이 있다. 내 일상의 예민함을 다룰 능력이 생긴 것이다. 그분이 강림하셨다는 촉이 느껴지면 나는 바로 경계 태세에 돌입한다. 평상시 나는 혈관에 침투하는 포도당에 대비해 만반의 준비를 하고 있다. 음식을 먹으면 언제 어떤 운동을 할지, 인슐린을 얼마나 투여할지, 추가 투여는 언제 할지 등을 계산해야 한다.

이런 계산은 일상적인 생활에서 유효하지만, 예측 불가능한 상황에서는 의미 없는 경우가 많다. 컨디션이 저조하거나 여행을 가거나 행사에 참석하는 등, 특수한 상황에서는 마음의 준비를 해두어야 한다. 혈당 변동성이 평소보다 커질 수 있기 때문이다. 이런 때는 무엇보다 침착해야 한다. 감정적으로 대응하면 혈당이 더욱 심하게 요동칠 수 있다. 특히 혈당이 급격하게 상승할 때는 혈당 쓰나미 1호를 선포하고 몰려드는 포도당에 대비해야 한다. 마치 우리나라의 진돗개 1호처럼.

포도당을 맞이하는 나의 대응 전략은 다음과 같다. 우선 잠시 눈을 감고 호흡에 집중하면서 마음을 가다듬는다. 곧이어 일정량의 인슐린을 추가 투여하고 기다린다. 그리고 위급 상황을 기록하면서 훗날 대응 전략을 도모한다. 여기서 가장 핵심은 첫 번째 단계다. 마음이 불안정한 상태에서 다음 단계로 넘어가면 상황이 휘청거릴 때가 많았기 때문이다. 나는 혈당 때문에 어지러워진 마음을 호흡으로 바로잡는 연습을 했다. 코로 들이마시고 입으로 내쉬는 숨이 거듭될수록 내 안의 분주함이 조금씩 안정을 되찾았다. 그러면 칼날처럼 날카로웠던 신경도 점점 무뎌지는 걸 느꼈다. 마음을 다스릴 수만 있다면 그게 무엇이든 괜찮다고 생각한다. 범법 행위만 아니라면. 그렇게 여러 시행착오를 거치며 요즘 나는 혈당 쓰나미 1호를 빠르게 해제하고 일상으로 복귀하고 있다. 그 덕분에 나를 괴롭혔던 예민함도 찰나처럼 흘러가버렸다.

내 삶도 크고 작은 반복으로 이루어져 있다. 직장인이라면 일정한 시각에 출근해서 점심을 먹고 일을 마치고 귀가하는 게 루틴일 것이다. 나는 여기에 더해서 생존 루틴이 있어야만 했다. 그것이 처음에는 버겁고 힘들게 느껴졌지만, 지금은 규칙이 있는 삶에서 안도감을 느낀다. 건강한 루틴으로 내면의 평화를 이루는 연습을 거듭하면 육체적 건강도 덤으로 따라왔다. 세상에서 바꿀 수 있는 것은 오직 자신뿐이라는 말이 있듯이, 나를 둘러싼 환경을 바라보는 시선 또한 나만이 바꿀 수 있다.

가끔 나는 주사를 맞기 전에 오래된 멍을 바라보곤 한다. 색이 흐려져 희미한 흔적 위로 새로운 자국이 겹쳐 있을 때가 있다. 매일 같이 주삿바늘을 피부에 꽂아서 피부에 멍이 생기긴 했지만, 그것을 바라볼 때면 요즘은 이런 생각이 든다. 이렇게나 내가 잘 살고 있다고. 한때 나는 그 멍을 너무나도 혐오했지만, 지금은 그것이야말로 생존과 인내, 그리고 끈기가 담긴 증거라고.

물론 지금도 짜증이 나고 예민해질 때가 많다. 하지만 이제는 안다. 이런 감정들 또한 내가 살아 있다는 증거고,

삶의 일부라는 것을. 살면서 겪는 모든 것이 삶의 일부기에, 나는 그것들과 더불어 사는 법을 배우려고 노력하는 중이다.

내 머릿속의 췌장

새벽이었다. 두세 시쯤 되었을까. 알맹이는 온데간데없는 찌그러진 초코파이 두 봉지가 바닥에 놓여 있다. 열다섯 살이었던 나는 그것을 멍하니 바라만 보고 있다. 갑자기 나의 눈에서 닭똥 같은 눈물이 흘러내리기 시작했다. 그 눈물은 두려움과 공포, 절망, 온갖 부정적인 감정이 혼재된 결과물이었다. 이때 내가 경험한 것은 극심한 저혈당이었다.

일상에서 투여한 인슐린이 과도하게 작용하면 자다가 혈당이 낮아질 때가 있다. 심각해지면 혼수상태에 빠져

뇌 손상이나 사망에까지 이를 수 있다. 과도한 육체 활동을 한 뒤 손이 떨리거나 갑자기 심한 허기가 진 경우가 있을 것이다. 저혈당일 때 나타날 수 있는 증상이다. 그러면 포도당을 주식으로 살아가는 뇌는 살려달라고 소리친다. 우리 몸은 뇌를 지키기 위해서라도 그 구호에 맞춰서 입 속으로 음식을 투입하려 한다. 그래서 나는 극심한 허기를 느끼며 혼미한 상태로 부엌으로 기어갔던 거다. 마침, 손에 잡힌 것이 초코파이였기에 나는 그것을 덥석 물었다. 이 당시 나는 혈당 관리를 위해 군것질을 최대한 피해야만 했다. 그러다 보니 항상 군것질에 굶주려 있었다. 그래서 그 시절에는 혈당이 낮아지면 이때다 싶어 욕구를 채우기에 바빴다. 어린 마음에 저혈당을 기다리기도 했다. 목숨과 맞바꾼 군것질이라니, 그만큼 간절했나 보다.

당시 상황에 대한 묘사는 대부분 추측이다. 부엌까지 기어갔는지, 초코파이가 정말 맛있었는지, 내 머릿속엔 그 순간이 어렴풋하게만 남아 있다. 다만 삶에 대한 끈을 놓지 않으려 했던 그 숭고한 현장의 기억과 감정만은 또렷하다. 이렇게 사람이 죽을 수도 있구나, 하고 생사의 갈림길을 체험하고 나니 그저 무서웠다. 삶의 순간마다 죽음과 맞닿아 있다는 느낌이 오싹했다. 그렇게 절망 속에서 허우적거리던 나에게 어머니가 구원의 손길을 뻗어 주었다. 위험천만한 상황에 나를 혼자 내버려둔 게 미안하다며 다독여주던 당신의 손길. 그 따스함 덕분에 나는 이내 꿈나라로 갈 수 있었다. 초코파이를 보면 항상 그날이 떠오른다. 사선을 넘나들며 먹었던, 눈물 젖은 그것은 나에게 삶의 의지를 일깨워준 동시에 삶과 죽음의 경계가 어떤 맛인지 알려주었다.

사선을 넘나드는 경험 덕분에 내 가방에는 항상 네 가지가 들어있다. 혈당 관리 용품, 인슐린 주사, 꿀물, 사탕이다. 이들이 없으면 불안해서 마음 편하게 외출할 수 없다. 생존에 필요하기 때문이다. 주위 사람들은 안에 무엇이 들었길래 맨날 큰 가방을 들고 다니느냐며 종종 묻는다. 그럴 때마다 나는 멋쩍은 웃음으로 답한다. 전날 밤이나 아침 출근 전 1분 안에 하는 나만의 루틴이 있다. 바로 꿀물 타기다. 실험실에서나 쓸 법한 비커에 매실청과 꿀을 표시한 경계선까지 부은 다음 온수를 넣고 젓는다. 온수와 만난 걸쭉한 꿀을 저으면 영롱한 보리차 색깔이 나타난다. 물론 그 맛은 고소함보단 달콤함이지만. 그리고 가방 안쪽 주머니에 손을 갖다 대서 볼록한 것이 만져지는지 확인한다. 그 정체는 사탕이다. 이 꿀물과 사탕은 빠르게 낙하하는 혈당의 과속 방지턱 역할을 하는 동시에, 혈당을 빠르게 상승시키는 생명수다. 초코파이가 준 교훈 덕분에 지금은 저혈당에 올바르게 대처하고 있다. 초코파이 같은 과자류에는 지방이 많아서 혈당을 천천히 상승시킨다. 그래서 흡수가 빠른 사탕 같은 단당류를 섭취해야 위험한 상황을 잘 넘길 수 있다. 그렇게 꿀물과 사탕은 가방 공간 대부분을 차지하는 대주주로 자리 잡게 됐다.

이들이 생명수 역할을 한다면 혈당 관리 용품과 인슐린 주사기는 소방수 역할을 한다. 지금은 연속 혈당 측정기(CGM)를 부착하고 있기에 관리 용품을 사용하는 빈도가 많이 줄었다. 하지만 CGM의 정확도가 일정하지 않아 때때로 채혈을 통한 혈당 측정이 필요하다. CGM과는 달리 채혈로 고혈당이 포착되면 급한 불을 끄듯 인슐린 주사가 투입된다. 우리 몸에는 혈당 상승을 유발하는 호르몬과 신경 전달 물질이 여럿 있지만, 인슐린이 유일하게 혈당을 낮춘다. 인슐린 혼자서 혈당 상승을 막는 동시에 하강을 유도해야 한다. 일당백이다. 그만큼 인슐린의 임무가 막중하다. 그래서 이 막중한 임무를 지닌 친구와 빨리 친해지는 것이 나의 의무였다. 그래야 하루 세 끼 식사를 할 수 있고, 먹고 싶은 간식을 먹을 수 있으며, 억눌려진 식욕 때문에 고생을 덜 하기 때문이다. 1형 당뇨인은 인슐린 주사를 자유자재로 사용할 줄 알아야 한다. 그렇게 되려면 우리 몸에서 인슐린이 어떤 방식으로 분비되는지 충분히 이해하고 있어야 한다.

평상시 인슐린은 일정한 혈당 폭을 유지하기 위해 췌장에서 서서히 분비되고 있다. 그러다 음식을 먹으면 일시적으로 다량의 인슐린이 분비되어 급격한 혈당 상승을 억제한다. 대체로 이 시스템에 근거해서 나도 인슐린 주사를 투여하고 있다. 주사 종류는 크게 두 가지다. 기저 인슐린과 초속효성 인슐린이다. 복싱에 비유하면 기저 인슐린은 혈당에 일상적으로 날리는 잽이고 초속효성 인슐린은 갑자기 튀어 오르는 혈당을 녹다운시키는 카운터펀치다. 기저 인슐린은 하루 한 번, 초속효성 인슐린은 하루 세 번 투여하는 것이 일반적이다. 이렇게만 해도 된다면 더 바랄 게 없겠지만, 이상과 현실의 차이는 언제나 나를 괴롭혔다. 우리 몸은 기계가 아니기 때문이다.

몸에서 요구하는 인슐린의 양은 음식 종류, 스트레스 정도, 컨디션, 운동량, 기분 등에 따라 늘 달라진다. 그래서 현실에서는 주사 횟수가 더 늘어날 수밖에 없다. 투여 횟수가 늘어나면 그만큼 피부에 꽂히는 바늘 개수도 많아져 심리적으로 부담감을 느낄 때도 있다. 이렇게까지 해야 하나, 하는 회의감이 든달까. 하지만 인슐린 분비량에 영향을 주는 변수를 최대한 상수로 치환한다면, 인슐린 투여량도 점점 고정 값에 가까워질 수 있다. 물론 시행착오를 많이 거쳐야 하지만.

여러 시행착오를 거치다 보니 내 머릿속에는 무수히 많은 시나리오가 저장되어 있다. 약 삼십 년 동안 차곡차곡 모아 둔 덕분에 소재가 고갈될 우려는 없다. 주연 배우는 음식 메뉴와 그에 따른 혈당, 그리고 인슐린 주사다. 세상의 다양한 음식이 여러 가지 연출을 하기에 장르도 다채롭다. 공포, 스릴러, 힐링 등 하루에도 몇 번씩 바뀌는 장르 덕분에 내 머릿속은 심심할 틈이 없다. 보통 입안으로 음식이 입력되면 췌장에서 그 신호를 받아 인슐린을 출력한다. 대부분의 사람은 이런 자동 시스템이 몸속에 내장되어 있다.

애석하게도 나는 무엇을 먹으면 수동으로 그 신호를 처리해야만 한다. 하루에도 몇 번씩 그 신호를 처리해야 하기에 여유가 없을 때도 있다. 즉, 부족한 췌장을 대신해 나의 뇌는 남들과 다르게 진화해야만 했다. 그 결과, 내 머릿속에는 혈당 감지기가 장착되었다. 과도한 음식을 먹으면 한 번씩 오작동을 하지만 대체로 그 기능은 나쁘지 않다. 그 기능이 원활해지려면 몇 단계 과정이 필요하다. 우선 식사 종류에 따른 혈당 상승 추세를 머리에 입력해야 한다. 식사 메뉴는 경우의 수가 넘쳐나기에 최대한 일반화해서 정리하는 게 좋다. 예를 들어 한식을 먹을 때 흰쌀밥을 먹었는지, 잡곡밥을 먹었는지에 따라 시간당 혈관에 유입되는 포도당량이 달라진다. 여기에 더해 어떤 반찬과 밥을 함께 먹었는지도 고려해야 한다. 특히 지방이나 단백질이 풍부한 육류를 먹으면 가랑비에 옷 젖듯 혈당이 서서히 오르다가 멈출 줄 모르고 우상향하기도 한다. 즉, 내가 씹고 뜯고 맛보고 즐긴 음식이 어느 시간대에 고혈당을 유발하는지 예측하고 대응하는 것이 중요하다.

인생은 결국 타이밍이라는데, 인슐린 주사를 투여할 때도 그렇다. 혈당을 공부하는 이유는 인슐린 주사를 자유롭게 사용하기 위해서다. 자유자재로 사용하려면 물리적 시간이 필요하다. 데이터가 쌓여야 하기 때문이다. 인슐린 주사를 식사 전, 식사 중간, 식사 후 중에서 언제 투여할지, 한번에 다 투여할지 아니면 나눠서 여러 번 투여할지 등 자기만의 판단 기준을 세워야 한다. 이게 없으면 일상이 고달파진다. 다음은 내가 관리 초보자 시절에 뷔페에서 겪었던 일이다. 육고기를 사랑하는 나는 첫 번째 접시에 탕수육, 깐풍기, 스테이크와 같은 단백질과 지방이 많은 메뉴와 샐러드를 빼곡히 담아 푸짐하게 먹었다. 그 뒤에 탄수화물과 디저트로 요기하며 식사를 마무리했다. 난 배부르게 먹을 걸 예상하고 한번에 다량의 인슐린을 식사 전에 투여했다. 결과는 대참사였다. 소화된 음식이 혈당을 올리는 속도보다 인슐린의 혈당 강하 작용이 더 우세해서 식사 중 저혈당이 발생했다. 배가 터질 것 같아도 나는 살기 위해 꿀물을 마셔야만 했다. 이렇게 인슐린 투여의 판단 기준은 상황에 따라 달리하며 살고 있다. 음식 종류와 음식량 중 어디에 무게를 두고 투여량을 결정할지 고민해야 한다. 뷔페에서 판단 기준은 첫 접시에 받은 음식의 종류여야 했다. 단백질과 지방이 많은 음식은 서서히 혈당 상승을 유발해서 식후 여섯 시간에서 여덟 시간까지 혈당을 올리기에 항상 염두에 두어야 한다. 나의 경우에는 인슐린 주사를 두세 번 나눠서 투여하는 게 안전하다. 식사 전에 한 번, 식사 후에 두 번처럼.

　네발로 움직이던 아기가 두 다리로 온전히 걷기까지 수없이 넘어지고 울음을 터트린다. 뭐든지 처음엔 다 두렵고 어렵기만 하다. 하지만 적응해야만 한다. 나는 적응할 때까지 딱 하나만 기억하며 지냈다. 어차피 모든 게 다 지나간다는 것. 이것만 기억하고 살아도 삶의 대부분 문제가 해결된 것처럼 느껴졌다. 당장은 아니지만 언젠가는 무뎌진다는 것. 이 사실을 몸에 고스란히 새겨두니 내 삶이 조금씩 편안해졌다.

얼마나 잘되려고
이런 장애물을 만났나

입춘 날짜는 한참 지났지만 아직은 겨울의 냉기가 가득하던 때였다. 아침 여덟 시에 집 밖으로 나서면 차가운 공기가 내 콧속을 후비며 인사를 건넸다. 심호흡하고 잠시 상쾌함을 즐기던 나는 곧장 발걸음을 옮겼다. 그렇게 한 30분을 걸어 도착한 곳은 도서관이었다. 남들이 회사에 출근하거나 학교에 갈 때, 한동안 나는 도서관으로 출근 도장을 찍었다. 월급은 없다는 게 함정이었지만 대신 자존감이라는 보너스는 챙길 수 있었다. 두 발로 매일 그렇게 걸어가는 것이 그동안 흔들렸던 내 자존감을 바로 잡아줬다. 이 당시만 해도 나는 몇 년 동안 수험생 신분에서 벗어나지 못했다. 물론 대학에는 입학했지만 이내 휴학하고 줄곧 시험에만 내 운명을 걸었다. 스물넷이 될 때까지 몇 번을 좌절했지만, 나에게도 기회가 있을 거라 믿었다. 그 기회가 손에 잡히지 않는다면 내가 만질 수 있게 만들어 보겠다는 간절함도 있었다. 이 간절함을 가슴에 품고 나는 도서관에서 잠시나마 미래를 꿈꾸며 과거를 보내주려 했다.

나는 어떻게 하다가 과거에서 길을 잃어버리게 된 건지 알고 싶었다. 우선 도서관 책장에서 손에 잡히는 대로 책을 꺼내서 자리에 앉았다. 어려움을 극복한 자기 계발서, 우리 뇌가 어떻게 작동하는지 설명하는 뇌 과학, 인간의 심리 같은 생존과 관련된 주제가 대부분이었다. 그동안 책과는 담 쌓고 살던 나였기에 그 모든 내용이 새롭게 느껴졌다. 재밌는 만화책 읽듯이 한두 권을 읽다 보니 제목은 다르지만, 말하는 요지는 다 비슷했다. 인간이라면 누구나 힘들고 어려운 시간을 보낼 수밖에 없다는 것. 그리고 이 시간 동안 그 어려움에 대처할 능력을 키우는 게 중요하다는 것이었다. 그러다 나는 문득 생각했다. 그 대처 능력이 어떤지에 따라 삶의 난이도가 달라질 거라고.

책이 주는 메시지를 토대로 나는 그동안 어떻게 살아왔는지 되짚어 봤다. 그랬더니 나는 자신을 받아들이지 못했을 뿐만 아니라, 내 삶을 거부하고 있다는 걸 알았다. 화장실을 동반자처럼 여기고 인슐린 주사 타이밍을 잘못 계산해서 저혈당을 경험했던 삶에서 벗어나고 싶었다. 혈당 시나리오를 쓰는 것도 지긋지긋했다. 은퇴도 못 하는 노예 계약을 한 작가가 된 기분이었다. 그것도 원고료는 한 푼도 못 받는 작가. 덤으로 내가 편집자이자 독자 역할까지 한 셈이었다. 생존을 위해 어쩔 수 없이 이야기를 써야 하는 현실이 서글프게 느껴졌다. 이렇게 내가 내면과 직접적으로 마주한 것은 처음이었다. 처음에는 어색했다. 그런데 그 민낯을 점점 들춰보니 상처받은 자신을 보듬어 줘야겠다는 생각이 들었다. 지금이라도 늦지 않았다면 나와 조금 더 친해질 기회를 갖는 게 필요해 보였다. 그렇게 나는 약 한 달간 도서관에서 나와 친해질 기회를 갖기 위해 준비했다.

준비라고 표현했지만 거창한 것은 아니었다. 단지, 마음이 지치지 않도록 일상을 구성하고 실천하는 게 핵심이었다. 그 일상을 통해서 내가 연민했던 과거에서 벗어나 조금 더 단단해지고 싶었다. 나는 이 바람을 항상 기억하기 위해 흰 종이에 몇 가지 목표를 적어 매일 들여다봤다. 첫 번째, 나를 가엾게 여기지 말고, 혈당 관리하면서 공부한 경험을 삶의 밑거름으로 삼기. 혈당 관리만 해도 버거웠던 현실 속에서 공부까지 하려니 내게 여유란 찾아볼 수 없었다. 그래서 마음의 그릇을 키워 내 삶을 온전히 받아들이는 연습을 하고 싶었다. 두 번째, 항상 변화에 익숙해지기. 상황이 변하면 대응하는 방식도 달라져야 하듯, 내 일상도 변화에 익숙해질 필요가 있었다. 예상치 못한 혈당을 마주해도 침착하게 대응하고, 시험 날짜가 다가올수록 공부 방식도 그에 맞게 달라져야 좋은 성과를 낼 거로 생각했다. 물론 본능적으로 변화를 싫어하는 게 인간이라고는 하지만, 적어도 나는 변화에 적절히 대응하는 사람으로 진화하고 싶었다. 마지막은 항상 나 자신을 믿자는 것이었다. 그동안 숱한 실패를 겪은 나는 매사에 자신감이 없었다. 그러다 보니 나에 대한 신뢰가 바닥을 기어다녔다. 그런데 내가 나를 못 믿는데 세상 누가 나를 믿어 줄까, 하는 의문이 들었다. 시험에서 원하는 성과를 내지 못한다고 해도 누구도 내 삶에 실패했다고 정의할 권리는 없었다. 나조차도. 이런 목표를 토대로 나는 일상을 하나씩 구성해나갔다.

수험 생활을 하는 동안 나는 몇 년의 시간을 대부분 집에서 보냈다. 내 마음이 가장 편했기 때문이다. 공부하려면 적절한 긴장이 필요해서 집을 벗어나는 이도 있겠지만, 이미 혈당이 24시간 무료 긴장 서비스를 제공하고 있었기에 내게는 그 이상의 긴장감은 필요 없었다. 그래서 나는 집에서 공부하다가 때가 되면 밥을 먹고 식후 산책이나 운동을 했다. 순수 공부 시간은 하루에 총 여덟 시간으로만 제한하고, 주말 하루는 오전에만 공부하며 일주일을 돌아보는 시간을 가졌다.

이때 나는 새로운 걸 시도했다. 바로 기록이었다. 시간이 갈수록 내가 어떻게 변하고 있는지 눈으로 확인할 필요성이 느껴졌다. 그래서 나는 공부와 관련된 좋은 아이디어나 지식을 매일 기록하는 동시에 혈당 수치도 시간대별로 자세하게 적어 나갔다. 하루 세 끼 밥 한 공기와 어떤 반찬을 먹었으며, 간식은 몇 시에 무엇을 먹었고, 식후 산책이나 근력 운동량에 따라 혈당이 어떻게 변하는지 빠짐없이 기록했다. 이 당시만 해도 연속 혈당 측정기를 사용하지 않았기에 하루에도 몇 번씩 손가락에 구멍이 날 정도로 채혈했다. 어느 순간 손가락에 채혈할 자리를 찾는 게 보물찾기처럼 느껴졌다. 다행인 건 그렇게 흘린 피가 헛되지 않았다. 그 덕분에 혈당 흐름이 파악됐고, 혈당 시나리오로 가득했던 뇌 공간에도 점차 여유가 생겼다. 이 여유는 그동안 지쳐 있던 내 마음도 달래주었으며, 내가 공부에만 더 집중할 수 있게 도와줬다.

물론 이 과정에서 시행착오가 없었다면 섭섭했을 것이다. 매일 내 상태를 기록하며 점검하는 게 스트레스였는지, 피부병이 생겨서 간지러움과 따가움을 겪어야만 했다. 얼마나 잘 되려고 이런 장애물을 만났나 싶었다. 이렇게 마음이 흔들릴 때면 나는 목표를 보면서 마음을 다잡는 것 말고는 할 게 없었다. 그냥 이 또한 지나가겠다고 여기며 기다리는 것만이 최선이었다. 그전에는 최선이라는 표현이 내게는 어울리지 않다고 여겼다. 모든 것을 쏟지 못해서 아쉬움이 더 컸기 때문이다. 하지만 마지막에는 최선이라는 단어를 자신 있게 쓸 수 있었다. 시험일이 다가올수록 불안했던 과거와는 달리 오히려 자신감이 차올랐기 때문이다. 물론 근거 없는 자신감이었지만, 아무것도 없는 것보단 나았다.

드디어 나는 심판의 그날을 마주했다. 이날따라 묘한 기분이 들었다. 시험 당일만 되면 긴장해서 안절부절못했던 과거와 달리, 오히려 내 마음은 잔잔한 호수처럼 고요했다. 만약 이번에도 합격을 못 한다면 이 또한 내 운명이겠거니, 하며 마음도 비울 수 있었다. 이보다 더 열심히 할 순 없었기에 후회와 아쉬움이 1그램도 남지 않았다. 이런 생각을 하는 것만으로도 내가 한 뼘 더 성장했다고 느꼈다. 그렇게 나는 수험 생활 동안 깨달음을 얻은 승려처럼 가벼운 마음으로 시험 좌석에 앉았다, 그러자 이 순간만을 위해 달려왔던 지난 몇 년이 머릿속에 스쳐 지나갔다. 매 교시 시험이 끝날 때마다 마음속 짐을 하나씩 내려놓았다. 그리고 시험의 마지막 종료를 알리는 종소리가 들려왔을 때, 허무함만이 공기처럼 내 주위를 감싸고 있었다. 기나긴 수험 생활이 비로소 끝났다.

어느 날 텔레비전을 보고 있었다. 리모컨 버튼을 이리저리 누르며 채널을 돌리던 그때, 한 유명 배우가 강연하고 있었다. 그는 묵직한 메시지를 내게 던져줬다. "왜 우리 삶이 힘들면 안 된다고 생각하나요?"라는 메시지였다. 당시 나에게 삶이란 어려움의 연속이었기에 행복과는 관계가 멀게만 느껴졌다. 심지어는 사는 게 무의미하다는 허무주의에 빠지기도 했다. 그런 나에게 그 메시지는 앞으로 나아갈 방향을 정하는 데 이정표가 돼주었다.

살면서 겪는 일 중에 쓸모없는 경험은 없다는 말이 있

듯이, 나를 이해하려고 노력했던 경험이 약사로 일하는 데 귀중한 자산이 되어 줬다. 아마 내가 다른 길을 갔더라도 이 경험은 나에게 큰 도움이 됐을 것이다. 물론 그 과정이 쉽지 않았지만, 문턱을 넘어 보니 나도 할 수 있다는 자신감이 생겼다. 살아가면서 이보다 더 중요한 것은 없을 것이다.

이번 생은 군대 면제

패션 피플을 꿈꿨던 20대 중반, 나는 한창 꾸미는 데 관심이 많았다. 얼굴은 아쉽지만 180센티미터가 넘는 허우대라도 있어서 옷 입는 재미를 즐기곤 했다. 남들은 알아주지 않아도 나만의 멋에 취했던 어느 날, 같은 학과 남자 동기 집에 놀러 간 적이 있다. 대문을 연 그 순간, 내 두 눈에 가죽으로 된 멋진 워커 한 쌍이 들어왔다.

"오! 워커 멋지네. 이거 어디서 샀노?"(나는 부산 사람이다.)

"이거 군화잖아. 왜 그래?"

어리둥절했던 그 순간 나는 동기의 얼굴을 쳐다봤다. 동기는 이방인을 보는듯한 눈빛으로 '뭐지' 하는 표정을 짓고 있었다. 나는 얼른 방 안으로 뛰어 들어가며 화제를 돌리려고 애썼다. 이 일은 군 면제였던 내가 군필자인 척 연기하다가 정체가 들통났던 (귀여운) 에피소드다. 당시 나는 군 면제라는 사실을 주위에 알리는 게 어려웠다. 내가 거짓말까지 하면서 그 사실을 숨겼던 이유는 나도 남들과 똑같아지고 싶었기 때문이다.

신체검사를 받기 위해 방문했던 병무청은 "제2국민역입니다" 한마디만을 전하며 나를 5급으로 판정했다. 이 타이틀을 얻게 되면 현역 입대와 예비군 훈련이 모두 면제된다. 게다가 민방위 훈련만 잘 받으면 대한민국 남성으로 해야 할 국방의 의무는 다하게 된다. 내 삶에는 더 이상 입대는 없다는 것이 확정된 순간이었다. 물론 검사 받기 전부터 나는 면제라는 사실을 이미 알고 있었다. 그런데 나는 도축 후에 등급 판정을 받는 한 마리의 소가 된 기분이었다. 그것도 아주 낮은 등급을 받아서 떨떠름했다. 당시만 해도 입대를 피하고자 온갖 꼼수를 부리는 사람이 많던 세상이라서 이것을 좋아해야 하는지 곰곰 생각도 했다. 하지만 마냥 좋아할 수만은 없었다. 어릴 때부터 나는 열외 되는 순간이 종종 있었다. 갑작스러운 집합과 함께 체력 훈련을 하는 수련회에 가면, 내 이름은 그 훈련에 참여할 수 없는 명단에 항상 포함되어 있었다. 나 같은 사람은 제외되는 게 안전했지만, 훈련 전 내 이름 석 자가 불릴 때면 가슴 속에 소외감이 들어차기 시작했다. 겉으로 봤을 때는 멀쩡해도 기능 결함이 있는 내 몸뚱이가 야속하기만 했다. 더불어 나는 병무청에서 공식적으로 건장한 남성에서 제외된 것 같아 쓸쓸함을 느끼기도 했다. 이 사실은 안 그래도 쪼그라들어 있던 내 마음을 더 작아지게 만들 때가 있었다.

남자들 사이에서 군대 이야기는 아마 죽을 때까지 사골 국물처럼 우려먹을 수 있는 단골 소재일 것이다. 청춘의 한 시절을 차지하고 있어서 그럴 거다. 누군가 그 세계에 몸담고 있을 때 겪었던 경험담이나 유머를 자랑스럽게 꺼내놓을 때면 나는 존재감 없이 병풍처럼 가만히 있곤 했다.

"야들아! 우리 날짜 맞춰서 예비군 댕기 오자!"(내가 다닌 학교에는 부산 사람이 많았다.)

대학교 강의실에서 일 년에 한 번쯤은 들렸던 소리다. 같이 수업을 들었던 남자 동기 중에 군 제대한 이들이 많았다. 그들은 일 년에 한 번 국방의 의무를 다해야 했기에, 교수님께 양해를 구하고 단체로 예비군에 참가하곤 했다. 당연히 나는 그 무리에 함께할 수 없었다. 국가에서 내게 부여한 국방의 의무는 민방위 정도였기 때문이다. 남자 동기들이 예비군에 참가하는 날이면 강의실 전체가 텅 빌 정도였다. 물론 나를 포함해서 남자가 몇 명 있었지만, 남아 있는 이들은 예비군을 이미 졸업했거나 아직 입대하지 않은 경우뿐이었다. 나처럼 면제받은 사람은 없었다. 간혹 누군가가 나에게 왜 예비군에 안 가냐고 물어보면 나는 나중에 혼자 따로 간다는 어이없는 답변을 늘어놓곤 했다. 범죄를 저질러서 군 면제를 받은 것도 아닌데, 죄지은 사람처럼 당당하게 그 사실을 말하지 못했다. 당시 나는 다른 사람을 속이면서까지 평균 남성에 속하고 싶었다.

내 기억은 시간에 따라 그 해상도가 점점 옅어지는 경향이 있다. 물론 때에 따라 다르지만, 당시 내가 군 면제라는 사실을 고백하면 누군가가 나에게 신의 아들이라며 부러워하기도 했다. 이것이 그때는 못마땅했다. 하지만 십 년이 흐른 지금, 내가 신의 아들은 아니지만 사촌 정도는 되지 않을까 생각하며 지내고 있다. 달리 보면 남들이 군대에 있는 동안 나는 그 귀한 시간을 벌었기 때문이다.

내가 병역 판정을 받았던 시기에 육군 복무 기간은 이십사 개월이었다. 이십 대의 이 년은 그 무엇과도 바꿀 수 없는 소중한 시간이다. 시간을 돌이켜보다가 내가 그 시간을 어떻게 보냈고 정의하는지가 더 중요하다는 걸 알았다. 비록 평균 남성과 같은 경험을 하진 못했지만, 나는 청춘의 귀한 시간을 입대한다는 마음으로 책임감 있게 보내려 했다. 남들이 군복을 입고 훈련소에 있을 때, 나는 책상 앞에 앉아 나만의 훈련에 참여했다. 정해진 일과표를 스스로 만들어 규율처럼 지키며 내 삶을 구제할 전쟁을 이어갔다.

이렇게 해석한 덕분이었을까. 나는 더 이상 남들과의 차이에 연연하지 않게 됐다. 오히려 나는 그 시간 동안 내면이 더 단단한 사람이 됐다고 생각한다. 군대를 다녀오면 철이 든다는 말처럼, 그 시간 동안 나도 성장통을 겪으며 조금씩 성장했다고 믿고 싶다. 그때로부터 약 십 년이 흐른 지금, 내가 진짜 사나이로 살고 있는지 반성해본다.

어쩌다 나도 아내가 생겼다

잔잔한 음악이 흘러나오는 어두운 공간 속에서 모든 사람이 나만 바라보고 있다. 마이크를 잡고 있던 나는 떨리는 목소리로 노래를 불렀다. 대학교 밴드부 시절에 보컬로 나름 활동했던 경력이 있었지만, 그것이 무색할 만큼 내 목소리는 염소 뺨칠 정도로 떨리고 있었다. 내가 불렀던 노래는 한 사람만을 위한 축가였다. 나는 결혼한다면 축가만은 꼭 내가 부르겠다는 꿈이 있었다. 많은 사람이 보는 앞에서 그녀에게 내 마음을 보여주고 싶었기 때문이다. 그렇게 웃고 있는 그녀를 보며 노래를 불렀던 그 순간,

내 머릿속에는 그동안 거쳐왔던 과정이 스쳐 지나갔다.

나는 삼십 대 초반이 될 때까지 혼자 살았던 적이 없던 캥거루족이었다. 약사가 된 이후에도 나는 부모님 집에서 의식주를 해결하며 지냈다. 빨리 돈을 모아야겠다는 목적도 있었지만, 내 건강을 위해서라도 부모님과 같이 지낼 때 이로운 점이 많았다. 그중에서도 어머니가 해주었던 건강한 음식은 내 일상을 지탱해주었기에 포기할 수 없었다. 더불어 부모님과 함께 살면서 내가 다른 것에는 신경 쓰지 않고 건강 관리와 일에만 집중할 수 있다는 것도 감사한 점이었다. 이렇게 살았던 기간이 길다 보니 내가 부모님 집에서 사는 것이 당연한 일상처럼 흘러갔다. 특별한 계기가 없다면 현재 상태를 벗어날 이유가 없었다.

그러다 문득 의문이 일었다. 내가 부모님 집에서 언제까지 이렇게 살 수 있을까. 삼십 대가 되고 보니 부모님에게 너무 의존하면서 살았던 게 아닌가, 하는 생각도 스쳤다. 그런데 막상 나가서 혼자 살아 보려고 하니까 두렵기도 했다. 혼자 살면서 부모님이 챙겨줬던 부분까지 감당하며, 혈당을 관리하고 잘 살 수 있을지 미지수였다. 하지만 시간이 더 흐르면 나는 부모님에게 더 의존적인 사람이 될 거라는 생각이 들었다. 그래서 결심했다. 독립하자고. 결과적으로 이 결심이 내 삶을 새로운 국면으로 이끌어 줬다.

나는 어릴 때부터 결혼하는 게 당연하다고 생각했다. 하지만 내가 그 바람을 이룰 수 있을지에 대해서는 항상 물음표였다. 이 물음표 크기는 1형 당뇨 커뮤니티에 있는 사연 때문에 더 커질 때가 많았다. 부모님 반대로 인해 두 사람이 헤어졌다거나, 당뇨가 있으면 평생을 식단 관리하며 살아야 해서 결혼 생활이 순탄치 않을 거라는 슬픈 이야기였다. 이런 사연을 접할 때면 나는 항상 혼자 남겨지는 것에 대한 두려움을 느끼곤 했다. 반려자를 만나는 건 순전히 내 욕심일 수도 있겠다는 생각 때문에 고달팠다. 그랬던 나는 언젠가 결혼에 대한 좋은 글귀를 접했다. 결혼이란 반쪽 두 개가 만나 하나가 되는 것이 아니라, 온전한 두 사람이 만나 서로의 차이를 좁혀가며 함께 성장하는 과정이라고. 이 문구를 내게 대입해봤을 때 나는 결혼을 하기에는 아직 이르다는 생각이 들었다. 이때까지만 해도 나는 아직 반의 반쪽도 성장하지 못한 애벌레였다. 애벌레치고는 나이가 좀 많았지만 말이다.

그래서 나는 결혼과 별개로 온전한 사람이 되어 일인분을 톡톡히 하자고 생각했다. 이런 마음도 먹었겠다, 나는 독립을 하기 위해 차근차근 준비했다. 물론 부모님은 집 나가면 고생이라며 나를 말렸지만 나는 지금이라도 나가야 한다며 고집을 꺾지 않았다. 그러다 결국 부모님과 합의 끝에 나의 독립생활이 시작됐다. 부모님의 도움과 함께 나는 내가 모아 두었던 자금으로 우선 집을 한 채 마련했다. 미래는 알 수 없지만 누군가와 함께할 수도 있기에 혼자 살기엔 넉넉한 집을 샀다.

나만의 거처에서 혼자 잠을 자고 일어난 첫날이 아직도 생생하다. 아무도 없는 조용한 공간에서 혼자 일어났던 그 느낌이 어색했다. 마냥 좋지도 않고 싫지도 않은 어중간한 느낌이었다. 나는 혼자서 아침을 차려 먹고 출근 준비를 하느라 정신이 없었다. 집안일을 해보니 일상이 더 정신없게 느껴졌다. 혼자 있어서 외롭거나 고독할 줄 알았는데 오히려 그럴 시간이 없었다. 퇴근한 후에는 혼자 저녁 먹고 설거지하고, 건조기에 돌려놨던 빨래를 정리하다 보면 하루가 쓱 하고 지나가버렸다. 이렇게 정신 없는 하루에 적응될 무렵, 나는 쏠쏠한 재미를 알게 됐다. 바로 내가 먹고 싶을 때, 먹고 싶은 음식을 해 먹는 자유였다. 우리 가족은 규칙적인 생활을 했기에 때가 되면 끼니를 해결하는 게 일상이었다. 하지만 이제 혼자 살다 보니 나는 그 규칙을 지킬 이유도 없었다. 그래서 나만의 거처에 있을 때는 규칙이 없는 게 규칙이었다. 그 덕분에 나는 일상에서 해방감을 느끼기도 했다. 게다가 음식도 직접 만들다 보니 요리하는 재미에 푹 빠지기도 했다. 그래서 일주일에 한 번 각종 채소를 다듬어서 냉장고에 재워두는 게 일이었다. 심지어는 냉장고 문에 화이트보드를 붙여서 어떤 채소가 있는지 표시할 정도였다. 이처럼 나는 그동안 하지 못했던 경험을 하면서 새로운 세상에 들어가고 있었다. 처음엔 요령이 없어서 정신이 없었지만, 내가 조금 더 주체적인 방향으로 가고 있다는 점 때문에 뿌듯했다. 게다가 나는 새로운 경험 덕분에 조금 더 독립적인 인간으로 진화한 것처럼 느껴졌다. 돌이켜보면 결혼 전에 혼자 살면서 독학으로 신랑 수업을 했다고 생각한다. 신랑 수업도 했으니 이제 결혼식장만 무사히 입장하면 되나 싶었는데, 내게는 넘어야 할 큰 산이 또 있었다.

지금의 아내와 나는 연인으로 몇 년간 교제하다 미래를 함께하자고 약속했다. 그래서 상대방 부모님께 종종 인사를 드리며 좋은 관계를 유지하려고 노력했다. 모든 방면에서 순조롭게 흘러가는 것처럼 보였다. 그런데 우리는 예상치 못한 장애물에 걸리고 말았다. 역시 쉽게 넘어

갔다면 내 인생이 아니었다. 오히려 수월하게 넘어갔다면 재미없을 뻔했다.

나는 결혼 전에 그녀의 부모님께 내게 1형 당뇨가 있다는 사실을 고백했다. 그것이 도리라고 생각했기 때문이다. 물론 그녀는 이 고백을 반대했지만, 내 마음이 편치 않았기에 고백할 수밖에 없었다. 자신감은 없었지만, 그녀의 부모님도 우리를 믿고 응원해줄 거라 믿었다. 그런데 예상과는 다르게 그분들은 응원보다는 걱정과 우려를 표했다. 자식이 힘든 길을 걸을 수도 있는데, 그 길을 응원해주는 부모님은 흔치 않을 것이다. 어찌 보면 당연한 반응이었다. 내가 부모라도 쉽게 허락하지 못했을 것이다. 그렇게 나는 그녀와 함께 할 수 없는 건가, 하며 풀이 죽어 있었다. 이때 내 옆에 있던 그녀는 내 마음을 다독여줬다. 결혼해서 잘사는 모습을 보여주자며, 같이 잘 헤쳐나가보자고 말해줬다. 나는 천군만마를 얻은 기분이었다. 그렇게 우리는 될 일은 된다고 생각하고 한 발짝씩 앞으로 걸어갔다. 특별히 무엇을 한 건 아니었다. 우리는 각자 해야 할 일을 하면서 서로의 관계를 단단하게 유지하는 것에만 집중할 뿐이었다. 그렇게 일 년쯤 흘렀을까. 서로가 인연이었는지 우리는 두 손 꼭 잡고 결혼식장에 입장

할 수 있었다.

결혼 전, 집 근처 산책로를 뚜벅뚜벅 걷고 있으면 같은 시간대에 자주 마주치는 분들이 있다. 그중에서 사십 대 정도 돼 보이는 한 부부는 항상 손을 잡거나 팔짱을 끼곤 했다. 한여름인데도 여성분은 털모자를 쓰고 있었다. 아마도 건강을 위해서 부부가 매 순간 함께하는 것처럼 보였다. 내 눈에는 그 모습이 산책로를 환하게 만드는 것 같았다. 그저 따뜻하고 아름답게만 보였다. 그 부부를 보면서 나도 언젠가는 누군가와 함께 길을 걸었으면 했다. 이루기 힘든 꿈일 줄 알았는데 지금은 나도 아내와 함께 두 손을 잡고 산책하고 있다.

삶의 보조바퀴를 떼다

'딸깍, 탕!' 이것은 아침에 나를 깨우는 모닝콜 다음으로 들려오는 두 번째 소리다. 채혈 기구가 만드는 소리로, 마치 총을 쏘는 것 같다. 채혈 기구 속 바늘을 총알처럼 장전한 뒤 손가락 끝을 목표 삼아 쏘면 된다. 그 다음엔 손가락 끝에 맺힌 핏방울을 혈당 측정기의 입구에 가닿게 한다. 오 초만 기다리면 결괏값을 알 수 있다. 그 후 내가 할 일은 피하 지방이 많은 팔이나 허벅지에 인슐린 주사를 투여하는 것이다. 이렇게 내 하루는 항상 바늘과 함께 시작된다.

내 일상을 한마디로 압축하면 '바늘과의 동행'이다. 주 삿바늘, 채혈침, 연속 혈당 측정기의 센서 바늘처럼 다양한 바늘이 내 시간을 채워주고 있다. 그중에서도 연속 혈당 측정기, 줄여서 연당기는 피하 지방에 센서 바늘을 부착하여 실시간으로 혈당을 예측하는 데 도움을 주는 기기다. 기술의 발전 덕분에 난 혈당 관리가 더 수월한 세상에 살고 있다. 연당기는 스마트폰 앱과 연동되어 실시간으로 정보를 제공한다. 현재 예상되는 혈당 수치와 함께 혈당 변동을 그래프로 나타내기 때문에 편리하다. 주가 차트와 비슷하다. 변동성이 큰 주가처럼 혈당 그래프도 급격하게 변하거나, 천천히 오르거나 내려가며 다양한 형태로 나타난다.

주가의 흐름을 보고 매수와 매도를 결정하듯이, 나는 혈당 그래프를 보고 혈당 변화에 대응한다. 혈당이 오르면 인슐린을 투여하거나 운동을 하고, 떨어지면 꿀물을 마시면서 저혈당을 예방한다. 나는 연당기 사용 전에는 하루에 혈당을 최소 여덟 번은 측정했다. 그만큼 혈당이 자주 변하기 때문이다. 감사하게도 지금은 하루에 손가락으로 채혈하는 횟수가 절반 이하로 줄었다. 모두 다 연당기 덕분이다. 그동안 나를 위해 몇 번이나 피를 뚝뚝 흘리며 희생했던 손가락에 조금이나마 위안이 됐다. 지금까지 몇 천 번의 찔림을 견뎌낸 내 손가락에 근속 표창이라도 하나 주고 싶은 심정이다. 다행히 지금은 손가락의 부담을 삼두근이 나누어 가져갔다. 나는 불편한 일상에서 서서히 벗어나 조금 더 편한 일상을 맞이하는 듯했다. 하지만 내 바람과는 다른 전개가 펼쳐졌다.

처음 연당기를 사용했을 때는 오 분마다 실시간으로 측정되는 혈당이 신기해서 핸드폰을 계속 쳐다봤다. 그러다 시간이 지나면서 핸드폰 화면을 들여다보는 횟수가 점점 늘었다. 이윽고 나는 혈당 그래프를 매분 매초 수시로 확인하는 버릇이 생겼다. 당장 확인하지 않으면 불안했기 때문이다. '지금 고혈당이나 저혈당은 아니겠지?', '별일 없겠지?'라는 생각이 내 불안을 점점 들쑤셨다. 마치 주식 계좌를 실시간으로 확인하며, 주가에 따라 일희일비하는 투자자의 모습과 비슷했다. 다만, 주식은 손절할 수 있지만 혈당은 손절할 수 없다는 게 차이점이었다. 나는 안정적인 혈당 그래프가 나오면 안심하고, 급히 올라가는 그래프를 보면 예상치 못한 고혈당 때문에 스트레스를 받았다. 내 하루는 정신적 피로감으로 물들어 갔다. 여기에 더해 육체적 불편함도 있었다.

연당기 센서 바늘을 피부에 부착하기 위해선 테이프가 필요하다. 이 테이프는 오랫동안 부착하고 있어야 하기에 접착력이 좋은 편이다. 가끔 이게 문제가 되곤 했다. 피부가 민감하면 그 접착 성분 때문에 알레르기가 생긴다. 엄청난 가려움으로 인해 피부를 긁게 되니 보기 싫은 흉터가 남을 수밖에 없다. 연당기 사용 중에 가장 적응하기 힘든 게 이 부분이다. 특히 여름에는 땀 때문에 사용하기가 더 힘들다. 땀이 많이 나면 테이프의 접착력도 무용지물이 돼서 금세 떨어지고 만다. 그러면 센서 바늘이 피부에 제대로 부착되지 않아서 측정을 정확하게 할 수가 없다. 어쩔 수 없이 센서 수명이 다하기 전에 그것을 제거해야만 한다. 특히 여름에는 '이번에는 오류 없이 잘 되겠지?'라는 우려 때문에 괜히 더 예민해진다. 그러다 문득 생각했다. 왜 내가 스트레스 받고 있는지를. 삶의 질을 높이기 위해 사용했던 기계일 뿐인데, 어느 순간부터 내가 그것에 너무 의존했다는 걸 알게 됐다.

연속 혈당 측정기를 사용하기 전에는 손끝을 찔러 직접 혈당을 재고 그 뒤 변화를 스스로 예측하곤 했다. 예측이 빗나가는 날도 있었지만, 일정한 루틴 덕분에 내 몸의 흐름을 어느 정도 읽어 낼 수 있었다. 그래서 기계의 도움

없이도 꾸준히 관리하며, 불편함 속에서도 나름의 질서를 만들어 냈다. 사람은 불편함도 일상이 되면 적응하는 존재이기에, 그 당시 나는 불편했어도 자신을 믿고 그럭저럭 혼자서 잘 지내왔다고 자부한다. 하지만 문명의 발전이 내게 새로운 편리함을 안겨준 순간, 나는 순식간에 과학 문명을 이용하는 게 아니라, 어느새 문명에 끌려다니는 존재로 전락했다. 기계를 이용한다고 생각했지만, 실제로는 그것에 의존하고 있었다. 이 사실을 알게 되면서 나는 스스로에게 약속했다. 과학의 힘을 빌리되, 자신을 잃어버리지 말자고. 나를 온전히 유지할 수 있는 선까지만 과학의 도움을 받자는 결론을 내렸다. 내 안의 평화는 스스로 일어날 힘에서 비롯된다는 사실을 한 번 더 확인했다.

생각해보면 우리 삶은 자전거를 배우는 일과 닮았다. 보조 바퀴가 있을 때는 자전거 타는 게 쉽지만, 그것은 언젠가 벗어 내야 할 도움일 뿐이다. 보조 바퀴를 떼고 나서 넘어졌을 때 다시 일어서는 법을 배운다면, 삶이 결코 비극으로 물들지는 않을 것이다. 기계의 도움 없이도 균형을 잃지 않으려고, 오늘도 나는 노력하고 있다.

* 이 글은 〈월간 에세이〉 2022년 12월, 통권 428호에 실렸던 내용을 수정·보완해서 수록한 것입니다.

나와 함께 사는 사람

보통 밤 11시경 나는 아내와 함께 침대에 눕는다. 우리는 그날 겪었던 이런저런 일들을 공유하며 하루를 마무리한다. 짧게는 십 분, 길면 한 시간까지도 서로 대화를 주고받다가 보통 아내가 먼저 잠든다. 나는 곤히 잠들어 있는 어여쁜 그녀의 얼굴을 바라보다가 이런 생각을 하곤 했다. 사랑하는 그녀를 위해서라도 건강하게 오래 살자고. 그러다 살금살금 침실을 빠져나와 거실로 나간다. 거실 소파에 걸터앉아 핸드폰 액정을 보면서 예측한다. 연속 혈당 측정기 그래프의 꼬리가 올라갈지 내려갈지를. 그리고 오늘 운동량은 어땠는지, 하루 중 음식을 어떻게 먹었는지, 인슐린양은 적절하게 투여했는지, 스트레스 관리는 잘했는지 등 혈당에 영향을 주는 요소들을 점검한다. 그렇게 고민하다가 십 분에서 이십 분 정도 시간이 지나면 직접 채혈한 혈당 수치와 연당기 수치를 비교한다. 연당기 그래프 각도가 약간 내려가거나 수평이 되면 그제야 마음 놓고 잠을 청할 수 있다. 내 하루는 보통 이렇게 끝이 난다. 새벽과 아침 공복에 안정적으로 혈당을 유지하기 위해 그녀와 동시에 잠을 청하는 소중한 순간을 포기해야만 했다. 내가 포기한 결혼의 소중한 순간은 이것 하나가 아니다.

결혼하면 살이 찐다는 속설이 있다. 그 배경에는 여러 가지 이유가 있겠지만, 함께 먹는 즐거움이 차지하는 비중이 꽤 클 거로 생각한다. 특히 라면도 밤에 먹는 게 더 맛있는 것처럼, 야식이 주는 즐거움은 그 무엇보다 크다. 아침부터 일을 하다 보면 업무 스트레스가 식욕으로 변해서 마일리지처럼 적립되곤 한다. 그러다 턱끝까지 적립된 식욕을 저녁에라도 맛있는 음식을 먹으며 해소하면 이보다 더 행복할 수 없을 거다. 이 재미 덕분에 나는 퇴근 후 맛있는 음식을 먹으면서 비어 있는 속을 달랠 수 있었고,

그날 하루의 피로도 풀 수 있었다. 아내는 결혼에 대한 로 망이 있었다고 했다. 나와 함께 야식을 먹고 배부른 상태 로 자는 것이었다. 나도 그녀의 로망을 이뤄주기 위해 함 께 야식을 먹어 봤다. 하지만 야식 뒤에 찾아오는 뒷일을 감당하기가 어려워 우리는 몇 번 시도하다가 그 로망을 접어야만 했다.

내가 야식을 피해야만 했던 이유는 간단하다. 잠을 못 잤기 때문이다. 밤에 먹은 음식 때문에, 언제 혈당이 다이 너마이트처럼 빵! 하고 올라갈지 알 수 없어서 깊게 잘 수 가 없었다. 활동하는 시간대라면 인슐린 주사를 추가로 투여하거나 열량을 태우는 운동을 해서 대처라도 할 수 있다. 하지만 수면 중에는 혈관에 농축되는 포도당을 당 해낼 재간이 없다. 예를 들어 지인들을 집에 초대해서 밤 늦게까지 놀다 보면 여러 음식을 먹게 된다. 치킨, 족발, 삼겹살 같은 기름기 줄줄 흐르는 메뉴와 함께 밀가루 폭 탄인 양식을 먹는 경우가 많다. 앞에서도 언급했지만, 음 식에 따라 소화 흡수되는 속도가 다르기 때문에 인슐린 투여 타이밍을 잘 계산해야 한다. 자칫 인슐린을 빠른 타 이밍에 투여하거나 과도하게 투여하면 식사 중간에 저혈 당이 발생할 수 있기 때문이다. 만약 저혈당이 발생하면 불필요하게 섭취한 당분이 섭취했던 음식과 함께 혈당을 급하게 올리는 원인이 되기도 한다. 게다가 늦은 밤에 먹은 음식은 소화되는 속도가 더뎌서 자는 동안 계속 장 내에 남아 혈당을 올릴 수밖에 없다. 그래서 야식 먹는 날이면 나는 새벽 두세 시까지 두 눈을 부릅뜨고 밤을 지새워야만 했다. 혈당이 안정 궤도를 타고 있는지 확인해야 했기 때문이다. 하지만 이렇게 잠까지 포기하며 대처했어도 다음 날 아침이면 무시무시한 일이 나를 기다리고 있었다.

밤에 회포를 풀고 잠에 든 다음 날 아침이면 항상 최악의 혈당 시나리오가 나를 맞이해줬다. 우선 공복 혈당 수치가 200mg/dL이 넘는 것은 예사였다. 이 숫자를 아침에 마주할 때면 내 상상력이 한계까지 가동되곤 했다. 간밤에 끈적거리고 꾸덕꾸덕한 피가 내 혈관에 흐르면서 사정없이 할퀴는 장면이 연상됐다. 게다가 오장육부가 가득 차서 기분이 불쾌했고, 몸뚱이는 축 늘어져서 천근만근이었다. 최악인 상태로 하루를 시작하는 셈이었다. 이 상태로 하루를 시작하면 그날 혈당 관리는 풀리지 않는 수학 문제를 푸는 것처럼 느껴졌다. 특히 이런 날에는 혈당 측정기 결과가 내 기분을 좌지우지하곤 했다. 그래서 평상시와 다르게 더 예민해지기도 했다. 이렇게 하루를 오로지 혈당에 매이다 보면, 나는 해야 할 일에 집중도 못 해서 하루를 통째로 날려버릴 수밖에 없었다. 그러다 문득 이런 생각을 했다. 수지타산이 전혀 맞지 않다고. 야식을 먹으며 느끼는 찰나의 즐거움과 내 기분, 건강, 시간을 맞바꾸는 것이 나에게 엄청난 손해처럼 여겨졌다. 나에게 주어진 모든 것이 한정적인 자원이기에 나는 최대한 그것들을 아껴야겠다고 생각했다. 안 그래도 새벽에 혈당이 들쑥날쑥해서 최대한 속을 비우고 자는 게 내 수명과 정신 건강을 위해서라도 이로운 선택이었다.

하나의 문이 닫히면 또 다른 문이 열린다는 말이 있다. 야밤의 로망을 잃어버렸던 우리는 다른 즐거움을 찾아보기로 했다. 그러다 아내가 차를 마셔보자고 제안했다. 그녀는 늦은 밤에 먹는 음식이 맛있기도 하지만, 서로를 이어주는 매개체라고 생각했다. 그녀가 왕년에 새벽까지 음주를 즐겼던 이유도 술 자체가 좋아서라기보다는, 단지 사람이 좋아서 그 자리에 끝까지 남아 있었던 거라고 덧붙였다. 그래서 늦은 밤 나와 이어줄 매개체만 있다면 야식이 아니어도 괜찮다고 말해줬다. 낮보다는 감성을 자극하는 밤에 술 한잔 기울이며 속내를 털어놓듯이, 따뜻한 차 한잔으로 그것을 대신해보기로 했다. 그렇게 우리는 차와 동행하게 됐다.

처음에는 머그잔에 티백을 넣어서 간단하게 우려먹는 차를 마셨다. 다른 음료와 다르게 차는 밤낮 가릴 것 없이 모든 시간대에 마실 수 있다는 장점이 있었다. 주말 아침에 마시는 차는 여유로운 분위기를 안겨주었고, 퇴근 후 평일 저녁에는 차의 온기가 우리의 지친 마음을 달래줬다. 더불어 야밤의 차 한잔은 헛헛한 마음을 채워줘서 그런지 식욕까지 잠재워줬다. 이렇게 차의 따스함 속에서 그녀와 나는 미주알고주알 수다를 떨었고, 가끔은 속 깊은 이야기를 나누기도 했다. 어느덧 차의 매력에 빠진 그녀와 나는 다양한 방식으로 차를 마시기 시작했다.

우리는 다기 용품점에서 찻잔과 차를 우려내는 도구를 조금씩 수집하기 시작했다. 아기자기한 용품을 하나둘 모으기 시작했더니 따로 보관하는 수납장이 생겼다. 우리는 이 도구를 가지고 숙성 발효한 보이차 잎도 우려서 마셔봤다. 차를 마신다는 것은 차를 직접 우려내는 행위까지도 포함되는 게 아닌가 하는 생각이 들었다. 찻잎을 우릴 때는 저울로 계량하고, 뜨거운 물로 우려내는 과정을 거친다. 보통 처음 우려낸 차는 버린다. 찻잎에 포함된 불순물을 제거해서 더 깨끗하게 마시기 위함이다. 그래서 두 번째로 우려낸 차부터 마시는 게 좋다고 한다. 이렇게 차를 마시기까지 소요된 시간은 대략 오 분에서 십 분 정도다. 간단하게 티백 한 개를 우려내서 먹는 것과는 다르게, 차를 내리는 행위는 일상의 여유를 느끼게 해줬다. 하루 중 잠깐이지만, 이 여유로움에 이끌려 우리가 다도에 입문한 게 아닐까 싶었다. 야식이 주는 도파민 터지는 짜릿함도 삶의 큰 재미 중 하나일 것이다. 하지만 우리에게는 차의 은은함을 추구하며 사는 게 더 지속 가능한 재미가 됐다.

이런저런 일을 겪다 보면 결국 그것을 어떻게 해석하느냐가 내 삶을 결정지을 때가 많다. 모든 일을 최대한 긍정적으로 해석하다 보면 내가 존재하는 매 순간을 긍정적으로 느낄 수 있다. 애초에 그렇게 태어난 것인지 나는 어릴 때부터 모든 사물을 부정적으로 보는 편이었다. 김장할 때 소금에 배추가 절여지듯이, 내 전두엽도 부정적 사고에 절여지곤 했다. 그래서 삶을 비관하기에 바빴다. 이렇게 살다가는 죽어서 부검했을 때, 나 자신을 부정했던 것만큼 뇌가 쪼그라들어 있을 거라 생각했다. 그래서 지금은 항상 연습한다. 내 상황을 최대한 좋게 해석하려고. 지금은 야식을 포기한 게 아니라 야식을 먹지 않아서 내가 더 건강하게 살 수 있다고 생각한다. 무엇을 하지 못해서 느끼는 참담함보다는 그 안에서 내게 유리한 점을 찾아내려고 노력 중이다. 내가 다도의 세계에 입문한 것처럼, 내 삶을 보완할 장치를 마련하면 그 재미로도 살아갈 수 있다.

혈당 관리하는 약사와 QNA 1

혈당 관리할 때 중요하게 생각하는 점은 무엇인가요?

제가 경험한 주의할 점에 대해서 말해볼게요. 저는 수치에 감정적으로 매몰되지 않으려고 노력해요. 일상생활에서 확인하는 혈당 수치나 병원에서 측정하는 당화 혈색소 그리고 인슐린 투여량 등의 숫자에 너무 목매지 말자는 거예요. 예를 들어볼게요.

일반적으로 당뇨 환자는 삼 개월에 한 번씩 당화 혈색소를 통해서 관리의 정도를 판단합니다. 이 당화 혈색소는 지난 삼 개월 동안의 혈당 평균치예요. 즉, 고혈당과 저혈당이 늘 반복된 사람과 혈당 수치가 비교적 일정한 사람의 당화 혈색소 수치가 비슷할 수도 있어요. 이게 평균의 함정이에요. 그래서 당화 혈색소 수치가 안정권에 있더라도, 혈당 변화 폭이 큰 경우에는 관리 방향을 다시 설정할 필요가 있어요. 혈당 변화가 클수록 혈관 건강에 치명적이거든요. 그래서 소 잃고 외양간 고치는 꼴이 되기 전에, 안정적인 범위로 혈당을 유지하는 게 중요합니다. 실제로 당화 혈색소 수치가 관리 목표 이내에 있더라도 당뇨 합병증이 발생하거든요. 그래서 숫자에 너무 목매지 말자는 것을 명심했으면 좋겠어요.

그리고 1형 당뇨인은 당화 혈색소 조절 목표를 너무 엄격하게 설정하지 않아요. 왜냐하면 혈당 변동 폭이 크기 때문에 너무 엄격하게 목표를 설정하면 저혈당이 발생해서 오히려 더 위험하거든요. 이건 2형 당뇨와는 다른 부분이니 참고하면 좋겠습니다.

또 하나 주의할 게 인슐린 투여량입니다. 약국에서도 인슐린을 너무 많이 맞는 거 아니냐고 물어보는 분들이 가끔 있습니다. 저는 인슐린 투여량이 너무 과하지만 않으면 괜찮다고 생각합니다. 이론상 몸무게당 인슐린 몇 단위가 적절하다는 내용이 있지만, 같은 몸무게라도 환경에 따라 필요한 인슐린양이 다를 수 있거든요. 예를 들어 같은 몸무게지만 체지방보다 근육량이 더 많으면 인슐린 요구량이 줄어들 수 있습니다.

예전에 저는 인슐린을 많이 맞으면 혈당 관리를 못한다고 생각한 적이 있어요. 그런데 잘 생각해보면, 많이 먹은 날에는 인슐린이 몸에서 그만큼 많이 분비될 거잖아요? 그러니까 인슐린을 많이 맞는다고 해서 관리를 못한다고 여길 필요는 없어요. 물론, 식습관 관리나 운동을 하지 않고 인슐린에만 의존한다면 문제가 될 거예요. 이게 아니라면 본인 생활 방식에 맞는 인슐린양을 찾아서 조절하면 된다고 생각합니다. 인슐린 주사량도 숫자로 기준은 잡되 상황에 따라 판단을 달리하는 것이 좋습니다.

혈당 스파이크가 화제잖아요. 혈당 스파이크도 관리할 수 있나요?

저도 연속 혈당 측정기를 사용하기 전에는 혈당 스파이크에 대해서 크게 신경 쓰지 않았어요. 그런데 저는 아무리 관리를 잘하려고 해도 혈당이 급격하게 오르는 걸 막을 수는 없더라고요. 하루에 적어도 한두 번은 경험하는 편이에요. 저도 혈당 스파이크를 피해보려고 노력해봤어요. 식사할 때도 채소와 단백질로 먼저 속을 채운 다음에 탄수화물을 먹으며 순서를 바꿔봤고요. 게다가 한 번씩 먹었던 즉석 음식도 최대한 멀리하면서 건강하게만 살아 봤죠. 그런데 음식 먹는 순서도 지켜야 하고, 멀리할 음식도 정해서 산다는 게 쉽지 않았어요. 그래서 저는 할 수 있는 데까지만 합니다. 당뇨가 있어도 행복할 권리가 있잖아요. 요즘 저는 한 달에 한두 번은 먹고 싶은 거 먹으면서 살고 있습니다. 게다가 이렇게 먹은 날에는 운동을 더 열심히 하면서 즐겁게 지내고 있습니다.

약사님은 혈당 관리 때문에 특별히 피하는 음식이 있나요?

특별히 피하는 음식이 있습니다. 슬프지만 제가 가장 좋아하는 것들이에요. 짜장면, 떡볶이처럼 밀가루와 양념 범벅인 음식입니다. 특히 밀가루 음식이 혈당을 정말 빠르게 올립니다. 밀가루는 정제 탄수화물이라서 위장에서 흡수되면 빠르게 포도당으로 바뀌고 혈당을 올리거든요. 게다가 짜장 소스와 떡볶이 양념에 포함되는 설탕, 액상 과당, 물엿 같은 재료도 혈당을 빠르게 올리죠. 그래서 짜장면, 떡볶이 먹은 날에는 고혈당 폭탄이 언제 터질지 모르기 때문에 항상 준비해야 합니다. 저는 이런 음식은 일 년에 한두 번 먹을까 말까 합니다. 아무리 좋아해도 건강이 더 소중하기 때문이에요.

2

나를 숨기지 않고 살아가는 연습

나를 다시 정의하기

우리 집 거실에는 이동식 바퀴가 달린 수납함이 있다. 3단으로 구성된 이 운반체에는 혈당 측정을 위한 갖가지 소모품이 있다. 그중에서도 가장 위 칸에는 쓰레기통이 있다. 이 안에는 내 하루를 지탱해주는 것들이 쌓여 있다. 대략 일주일이면 그 쓰레기통이 가득 차서 주기적으로 비워줘야 한다. 비우려고 뚜껑을 열면 특유의 냄새가 코를 찌른다. 이 냄새는 핏방울이 묻은 알코올 솜과 채혈침, 그리고 주삿바늘 수십 개가 한데 어우러져 만들어진 결과다. 그렇게 나는 쉰내 나는 쓰레기통을 비우며 이렇게 생각할 때가 있다. 나는 환자인가, 피부를 관통하는 바늘 없이 살 수 없는 나를 환자로 정의해야 하는가, 하는 의문이 일었다.

아무나 받을 수 없는 기호 E10, 알파벳과 아라비아 숫자가 결합된 이 기호는 상병 코드다. 1형 당뇨병을 뜻한다. 인슐린을 처방받기 위해 처방전을 발급받으면 E10 코드가 항상 선명하게 찍혀 있다. 인쇄된 그 글자는 내가 1형 당뇨병 환자라는 사실을 한 번 더 확인시켜준다. 이렇게 대한민국 질병 분류 체계 속에서 나는 영원히 환자일 수밖에 없을 것이다.

그래서였을까. 어릴 때부터 내게 부여된 그 주홍 글씨 때문인지, 나는 1형 당뇨병이 곧 나라고 여겼다. 환자라는 개념이 잡초 뿌리처럼 내 몸 구석구석을 침투하는 듯했다. 피부에 꽂히는 바늘 개수가 늘어날수록 나를 병마와 싸워서 이겨야 하는 사람으로 여겼다. 그래서 내가 할 수 있는 것은 극히 제한적이라 여겼고 매사에 소극적이었다.

그렇게 뼛속부터 연약함에 물들었던 나는 자신을 보호해줄 무언가를 찾고 싶었다. 이곳저곳 헤매다 찾은 것이 내 시간에 규칙성을 부여하는 것이었다. 항상 불안했던 내 마음은 규칙적인 시간표만이 바로 잡을 수 있다고 믿었다. 그래서 일 분, 일 초의 순간에도 규칙을 부여하는 습관이 내 숨통을 터줄 거라 여겼다. 결국 나는 살기 위해 미래가 정해진 시간으로 들어갔다.

　나는 최대한 단순하게 시간표를 짰다. 그래야 최대한 오래 할 수 있기 때문이다. 그 핵심은 오로지 착한 혈당을 만들기 위한 행동으로만 가득 채우는 것이었다. 혈당만 안정적이라면 내가 환자가 아닐 것 같았기 때문이다. 나는 그런 생각을 할 때마다 각 맞춰진 삶에 익숙해진 군인을 떠올렸다. 정해진 시간에 일어나서 공복 혈당을 측정하고 기저 인슐린을 투여하며, 때가 되면 밥을 먹고 산책이나 운동을 하며 혈당 스파이크를 잠재우기 위해 노력했다. 그래서 식사도 대부분 집에서 해결했다. 밖에서 식사하면 혈당을 예측할 수 없어서 약속도 잡지 않았다. 게다가 저혈당을 예방하기 위해 꼭 간식을 먹어야 하는 시점까지 치밀하게 계획하고 행동에 옮겼다. 이런 생활 속에 점차 녹아들었던 나는 어느덧 명령어가 입력된 로봇처럼, 생각하지 않아도 몸이 먼저 반응하는 단계에 이르게 됐다. 그러다 보니 나를 옭아매고 있던 환자라는 불안보다는 안정을 느낄 수 있었다. 다른 생각할 필요도 없이 그날 하루의 전투만 무사히 끝마치면 되기 때문이다. 혈당 관리에 최적화된 시간표만 있으면 적어도 내가 환자로 살지는 않을 거라 여겼다.

그런데 이런 생각들이 너무 맹목적이었던 걸까. 반복된 시간 속에 박혀 있던 나는 문득 이런 생각도 했다. 혈당 관리만 잘하면 내 삶은 그것만으로 만족해야 하는 것인가. 혈당만 잘 관리하는 게 내 목표인 건가. 내가 하고 싶은 건 없는 건가. 이 궁금증에 대한 대답은 의외로 간단하게 해결됐다.

나는 성인이 된 이후 친구들과 일본으로 짧은 여행을 갔다. 내 두 발로 떠나는 첫 해외여행이었다. 나흘 정도 머무는 것이라 부담 없는 일정이었다, 라고 지금은 편하게 말할 수 있다. 하지만 그 당시 나에게는 엄청난 도전이었다. 여행을 떠나는 설렘보다는 새로운 환경에 적응해야 한다는 부담감이 더 컸기 때문이다. 다행히 친구들도 나의 건강 상태를 알고 있었다. 그래서 나는 친구들에게 부탁했다. 식사는 가능한 규칙적으로 하면서 너무 무리한 일정은 피하자고. 고맙게도 나를 안심시켜줬던 친구들 덕분에, 나는 한결 가벼운 마음으로 비행기에 몸을 실을 수 있었다.

처음 마주한 일본은 신비로웠다. 기관지를 스치는 공

기마저 우리나라와 다르게 느껴졌다. 건축물 하나하나에 들어간 그 정성이 유난히 돋보였다. 새로운 풍경을 맞이해서 그런지 일상에 찌들어 있던 내 다섯 감각이 정신을 못 차리는 듯했다. 이런 게 여행의 묘미인 건가 싶었다.

그런데 그 순간에 흠뻑 취해도 모자랄 판에 내 마음 한 구석에는 조금씩 불편함이 채워지기 시작했다. 규칙에서 벗어나 갑자기 마주한 시간적 유연함 때문이었다. 여행에서만 느낄 수 있는 자유와 여유를 갑자기 마주했던 나는 그것을 즐길 줄 몰랐다. 이 순간에도 내가 추구했던 시간표를 더 중요하게 여겼다. 그래서 식사 시간이 조금만 늦어져도 나는 예민하게 굴었다. 한국에서는 지금쯤 밥 먹고 인슐린을 투여할 때라며 혼자 발을 동동 구르기 일쑤였다. 게다가 혈기 왕성한 이십 대끼리 떠난 여행이라 짧은 시간 동안 많은 것을 하기 위해 애를 썼고, 나는 무리한 일정일 것 같다며 투덜대곤 했다. 결국 이 불만은 친구의 신경을 긁어서 갈등을 빚고야 말았다. 서로 배려하기보단 나는 환자니까 배려받아야 한다는 잘못된 믿음에서 발생한 일이었다. 그렇게 나는 쉽지 않은 여정을 보내다가 귀국하기 전날, 비로소 닫혀 있던 시야를 넓힐 수 있었다.

그냥 내 마음 가는 대로 하루를 보내자고 생각하니 그때부터 마음이 편안해졌다. 여행 첫날에는 내 일정을 최대한 지켜야 한다는 강박이 심했다. 아침을 꼭 먹어야 한다며 밤늦게 숙소에서 멀리 떨어진 곳에서 샌드위치를 사 올 정도였다. 대충 때우거나 아침을 건너뛰면 점심을 일찍 먹으면 될 텐데, 뻣뻣한 막대기처럼 유연함이라곤 내게서 찾아볼 수 없었다. 그래서 아침에 친구들처럼 자고 싶을 때까지 푹 잤다가 하루를 시작해봤다. 피곤했는지 평상시보다 늦게 눈이 떠졌다. 그리고 여유롭게 밖에 나가서 시내를 구경하고 배가 고프면 무엇이든 먹으며 규칙이 아닌 내 욕구가 시키는 대로 움직였다. 혈당이 심하게 춤을 췄지만 내 마음만은 그 어느 때보다 고요했다. 내 마음대로 움직였던 그 하루 동안 규칙이 주는 무게감이 그동안 정말 컸다는 것을 느낄 수 있었다. 더불어 늘 내가 마음속에 품고 있던 궁금증도 해소됐다. 이 순간까지 내 목표는 오로지 혈당을 잘 관리하는 것이었다. 하지만 규칙에서 벗어난 하루를 통해서 혈당 관리는 목표보단 과정으로 삼아야 한다는 생각이 들었다.

건강에만 초점을 맞춰서 살아간다면 내 시간이 너무나도 아까울 거라고도 생각하게 됐다. 건강도 하나의 자산이기에 혈당 관리도 자산 관리 방식 중 하나일 뿐이라고 여기게 됐다. 게다가 혈당에 대한 집착은 건강한 삶과는 거리가 멀다는 생각도 하게 됐다. 이렇게 생각하고 나니 오히려 마음이 편안해졌다. 스스로를 환자로만 여기는 시각에서 서서히 벗어날 수 있었다.

규칙 안에서는 예측하기 쉬워서 혈당을 비교적 쉽게 관리할 수 있다. 하지만 그 규칙은 나에게 작은 안전을 제공할 뿐이었다. 규칙에서 벗어난 나는 한 마리 어린양에 불과했다. 오히려 변화에 적응하며 사는 게 내가 더 자유롭게 살 수 있는 길이라고 느꼈다. 자신을 정의하는 건 오롯이 본인에게 달렸음을 그제야 알았다.

나를 설명하는 소재는 다양하지만, 그 중심에는 1형 당뇨가 있을 수밖에 없다. 인슐린 분비가 멈춰버린 이후에 겪었던, 길고 긴 과정이 내게 많은 것을 안겨주었기 때문이다. 그래서 과거의 나는 스스로를 1형 당뇨병 환자라고만 인식했다. 시간이 흐른 지금은 나를 1형 당뇨인이라고 정의한다. 당뇨병이 아니라 당뇨로, 환자가 아니라 한 사람으로 나를 바라보는 것이다. 한 부분에 국한해서는 병이 있다고 할 수 있지만, 머리부터 발끝까지 제대로 살펴보면 내가 병들기만 했다고 말하기에는 무리가 있다. 비록 주홍글씨와 같은 상병 코드가 나를 따라다녀도, 단지 나는 남들보다 일상에 불편함이 하나 더 있다고 여길 뿐이다. 게다가 인슐린 주사는 감기약이나 진통제처럼 환자의 증상을 호전시키는 약은 아니라고 생각한다. 물론 혈당이 높을 때는 약처럼 작용하겠지만, 인슐린 주사는 1형 당뇨인에게 부족한 것을 채워주는 호르몬 제제일 뿐이다. 즉, 의약품으로 분류되어 있지만 나는 인슐린 주사를 부족한 것을 채워주는 수단으로 인식하고 있다. 시력이 안 좋은 사람이 안경으로 시력을 보정하듯, 나는 인슐린 주사로 혈당을 보정할 뿐이다.

내가 정해놓은 기준을 비틀어 보는 연습을 하면 그 나름대로 재미가 있다. 물론 이렇게 시각을 바꾸더라도 내 몸은 여전히 그대로다. 사고의 전환이 전부일 뿐이다. 현실은 바꿀 수 없고, 바뀔 수 있는 것은 오직 나 하나뿐이기에, 정신 승리를 해서라도 삶을 이어 가는 게 현명하다고 생각한다. 나에겐 정신 승리를 하게 만드는 것이 1형 당뇨였지만, 누구나 나처럼 다르게 바라보면 좋을 부분이 분명히 있을 것이다. 비틀어 바라보는 연습을 꾸준히 하다 보면 조금 더 살맛 나는 순간이 많아질 거로 생각한다.

불안 후의 부란

뗄 수 없는 그림자처럼 내 동반자를 자처한 감정이 있었다. 불안이었다. 감정은 나를 집요하게 뒤쫓으면서 숨을 턱 막히게 했다. 그러던 어느 날, 나를 따라다니던 그 불안이 나를 집어삼키는 일이 있었다.

소파에 앉아 뉴스를 보고 있던 나에게 텔레비전 화면이 굳이 알고 싶지 않은 정보를 알려줬다. 당뇨를 이십 년 이상 앓게 되면, 대부분 미세혈관 손상으로 인해 망막 병증이나 신경계 질환 같은 합병증 때문에 고통 받는다는 내용이었다. 그 순간, 아나운서가 청아한 목소리로 내게 사형 선고를 내리는 듯했다. 나는 이십 년과 대부분이라는 두 단어에 주목했다. 관리를 잘해도 이십 년이 지나면 결국 대다수가 합병증을 겪을 수밖에 없다는 내용이 서글프게 다가왔다. 갑자기 가슴이 먹먹해지고 불안한 미래가 눈앞에 어른거렸다. 어린 시절부터 내 뒤에는 그림자처럼 합병증에 대한 두려움이 늘 따라다녔다. 때로는 설마 나에게 그런 일이 생기겠느냐며 애써 외면하기도 했다. 하지만 외면할수록 불안은 내 안에서 점점 더 깊어져만 갔다. 내가 아무리 애써도 소용없는 일 아닐까. 그냥 되는대로 살다가 삶을 끝내는 게 오히려 낫지 않을까, 하는 생각이 스치기도 했다. 아무도 미래를 단정할 수는 없지만, 내 미래는 이미 정해진 길을 따라가고 있다고 여겼다. 그렇게 나는 점점 부정적인 세계관에 사로잡혀갔다.

내 마음속에는 거대한 불안의 씨앗이 조용히 싹을 틔웠다. 어느새 이 씨앗은 내 정신적 에너지를 자양분 삼아 뿌리 깊은 나무로 자라났다. 이 때문에 나는 점점 지쳐갔다. 무기력이라는 병에 깊이 잠식된 듯했다. 합병증에 대한 불안감은 진로, 연애, 결혼 등 삶의 모든 문제로 뻗어나가 미래를 생각조차 할 수 없게 만들었다. 20대 꿈 많은 청춘의 이야기는 내게는 있을 수 없는 일이라 여겼다. 밝고 희망찬 미래를 꿈꾸는 일은 내겐 사치였고, 감히 바랄 수도 없다고 생각했다. 그러다 나는 허공을 향해 두 손을 모아 애원하듯 빌었다. 이 불안에서 벗어날 수만 있다면, 더는 바랄 것이 없다고. 종교와는 거리가 멀었던 내가 누구를 향한 것인지도 모른 채 간절한 마음을 내뱉었다. 눈물조차 나오지 않았다. 내 안 어딘가에서 무엇인가가 차올라 나를 밀어내는 게 느껴졌다. 나는 겨우 정신을 붙잡은 채 그 감각을 견디고 있었다. 그 순간, 마치 내 영혼이 몸 밖으로 빠져나가는 듯한 낯선 감각이 스쳤다.

언젠가 들어본 '책 속에 답이 있다'는 말이 그때 스쳤다. 책과는 담쌓고 살아 왔지만, 지푸라기라도 잡는 심정으로 집 근처 서점을 찾아갔다. 그곳에서 나는 인기 상품 판매대를 지나서 심리 서적이 진열된 책장 앞에 멈춰 섰다. 흙 속에서 진주를 찾듯이 나는 가지런히 놓인 책을 하나하나 살폈다. 그중 유독 내 마음을 사로잡는 책을 집어 들어 펼쳐봤다. 불안한 나날을 보냈던 내게 그 책이 건네는 메시지는 축복이었다. 기도해도 대답 없던 신들이 마침내 내게 응답해주는 순간처럼 느껴졌다. 그 메시지는 명확했다. 의무적으로 걱정하다 보면 자신이 통제할 수 있는 것과 없는 것을 구분하지 못하게 된다는 것이었다.

그 순간, 불안이라는 단단한 껍질 속에 갇혀 있던 나는 마침내 그 표면에 작은 균열을 낼 수 있었다. 아직 일어나지도 않은 일을 두고 미래가 정해져 있다며 못난 생각에 사로잡혔던 나를 바라볼 수 있었다. 나는 책을 사서 곧장 집으로 달려갔다. 책 속의 좋은 문장을 놓칠까 봐 형광펜으로 책 전체를 도배하며 읽어 내려갔다. 그러자 내 안을 잠식하고 있던 불안과 우울감이 조금씩 증발하는 게 느껴졌다. 나는 이 증발이 영원했으면 해서 어떻게 환경을 조성할지 고민했다.

나는 통제할 수 있는 것과 없는 것을 구분하기 시작했다. 더불어 걱정하는 데 썼던 에너지를 내가 할 수 있는 일에 보태는 게 남는 장사라는 생각에 다다랐다. 나는 내가 할 수 있는 요소를 하나씩 적어봤다. 튼튼한 몸을 위한 식단 조절과 운동, 건강한 정신을 위한 긍정 연습하기를 우선으로 두었다. 열심히 관리해도 합병증이 찾아오는 것은 내 힘으로 어찌할 수 없는 부분이었다. 다만 이 열심히의 기준을 내가 꾸준히 할 수 있는 한계치로 설정할 필요는 있었다. 후회가 없길 바랐기 때문이다. 내가 세운 그 기준의 핵심은 인슐린을 최소한으로 투여하되 효율을 최대한으로 만드는 데 있었다.

이를 위해 식사는 최대한 자연식으로 먹고, 일상에서 활동량을 늘리려 노력했다. 밖에서 식사할 때면 즉석 식품과 간편식은 되도록 멀리하고, 식재료 고유의 맛을 온전히 느낄 수 있는 것을 선택했다. 예를 들면 닭가슴살과 신선한 채소가 듬뿍 들어간 샌드위치나 다양한 나물과 밥이 어우러진 비빔밥이 대표적이다. 이때 내가 특별히 신경 쓰는 것이 하나 더 있다. 바로 음식에 곁들여지는 소스다. 그 안에는 설탕과 여러 가지 조미료가 들어 있기 마련이다. 그래서 나는 소스를 정량의 절반 정도만 뿌려 먹는다. 특히 비빔밥은 나물에 기본적으로 간이 되어 있어서, 연분홍빛을 띨 정도로만 고추장을 비벼 먹는다. 그리고 일상에서 최대한 움직이는 것을 즐기려 했다. 따로 시간 내서 운동하는 게 힘들 때는 일상에서 최대한 많이 움직이는 것이 최선이었다. 예를 들어, 지하철역에 갈 때 나는 편한 길 대신 일부러 먼 길을 돌아 걸었다. 약간 숨이 찰 정도로 빠른 걸음으로 걷다 보면 칼로리 소모가 꽤 된다. 하지만 출근 시간처럼 여유가 없을 때는 오 분 정도 짧은 근력 운동을 했다. 무릎을 살짝 굽힌 사분의 일 스쿼트를 빠른 속도로 반복하면 하체 근력이 강화될 뿐 아니라 혈당 조절에도 큰 도움이 됐다. 물론 귀찮고 하기 싫어서 이렇게까지 해야 하나 하는 생각이 들 때도 있었다. 하지만 생각이 몸을 지배하기 전에 행동으로 옮기는 습관을 들이자 어느새 나는 매일 다리를 굽히고 있었다.

식재료가 돋보이는 음식을 먹고, 숨 가쁜 일상을 보내다 보면 건강함과 함께 덤으로 따라오는 게 있었다. 바로 내가 나를 아끼고 있다는 느낌이다. 자신을 보살피고 있다는 이 느낌은 미세한 중독성이 있다. 그래서 한번 시작하면 쉽게 멈출 수가 없다. 그 덕분에 내 하루가 좋은 습관으로 채워지면서 불안에 맞서 싸울 힘이 자리 잡기 시작했다. 이제는 걱정하거나 불안해할 시간에 내가 할 수 있는 것에 집중한다. 거듭된 연습 덕분에 몇 초, 몇 분이 긍정으로 채워지면서 삶의 주도권이 나에게 넘어왔다.

이렇게 직접 경험해보니 그때 텔레비전이 전하던 메시지가 얼마나 피상적이었는지 깨닫게 됐다. 세상은 이십 년이라는 숫자와 대부분이라는 단어로 수많은 사람을 하나의 통계로 묶어 버렸다. 하지만 그 안에는 매일 자신을 돌보며 건강하게 살아가는 사람들의 구체적인 이야기가 빠져 있었다. 실제로 내가 만난 당뇨인 중에는 이십 년 이상을 거뜬히 살아가는 사람들이 많았다. 그들은 자신만의 관리법을 찾아 꾸준히 실천했고, 합병증 없이 활기찬 삶을 영위하고 있었다. 나 역시 식단 조절과 운동을 시작한 뒤 혈당 수치가 안정되면서 건강한 삶을 이어가고 있다. 그래서인지 아침에 눈 뜨는 게 두렵지 않았고, 미래를 생각할 때 막막함 대신 기대감이 차올랐다. 그제야 알게 됐다. 언론이 던지는 일반화된 정보는 경각심을 주는 데는 유용할지 몰라도, 개인의 구체적인 삶을 담아내지는 못한다. 정작 중요한 건 내가 어떤 선택을 하고 어떻게 실천하느냐였다. 통계는 나의 이야기가 아니었다. 내 이야기는 내가 매일 쓰고 있었다. 이런 깨달음이 쌓이면서 나는 불안에서 벗어날 수 있었다. 막연한 두려움은 구체적인 행동 앞에서 힘을 잃었다.

평상시 느끼는 감정을 곰곰이 들여다보면 이유가 있을 때가 많았다. 과거에 내가 불안했던 이유도 통제할 수 없는 것들에 집착한 나머지, 정작 할 수 있는 것들을 외면했기 때문이다. 지금은 더 이상 회피하지 않는다. 그저 내 감정을 조용히 바라보고 다정하게 어루만지려 한다.

불안이 내게 찾아오면, 외면하기보단 잠시 그 얼굴을 바라본다. 그렇게 그것과 조금씩 마주 앉는 시간이 쌓이면 어느새 내 마음도 편안해진다. 이제는 불안과 많이 친해졌다. 그 덕분에 나를 가두고 힘들게 했던 불안이라는 알 속에서 깨어나는 부란(孵卵)의 순간도 맛볼 수 있었다.
어쩌면 인간은 부모의 뱃속에서 태어난 뒤에도, 살아가는
동안 계속해서 새롭게 태어나야 하는 존재인지도 모르
겠다.

고기 사랑꾼의 기록

어느 날 거울 속에 있는 나를 유심히 바라봤다. 얼굴에 생기라고는 찾아볼 수 없는 깡마른 남자가 나를 노려보고 있었다. 볼살이 빠져서 날렵하다 못해 베일 것 같은 턱선이 인상을 더 매섭게 만들었다. 짙었던 얼굴의 그늘도 더 어둡게만 느껴졌다. 그 순간 깨달았다. 이 상태로 더 살다가는 오래 못 살 것 같다고. 이 당시만 해도 키가 184센티미터인데, 내 몸무게는 66킬로그램이었다. 아마도 내가 걸어 다니면 앙상한 나뭇가지 하나가 길 위를 배회하는 것처럼 보였을지 모르겠다. 이 지경까지 간 이유는 바로 건강 염려증 때문이었다. 건강하게 살려다가 오히려 건강을 염려하는 단계까지 이르게 된 것이다. 그 시작은 몸을 공부하면서부터였다.

약학 대학에 입학해서 건강을 주제로 공부했을 무렵, 나는 이것저것 알게 된 것이 많았다. 그중에서 쓰리고를 조심해야 한다는 내용이 귀에 박혔다. 쓰리고의 정체는 고혈압, 고지혈증, 고혈당이다. 그리고 이 세 가지를 조심해야 하는 이유는 이 중 하나라도 생기면 나머지 두 가지도 자연스레 따라오기 때문이었다. 이미 고혈당에 노출됐던 나는 고민에 빠졌다. 엎질러진 물이었기에 고혈압이나 고지혈증은 최대한 나중에 만나야겠다는 생각이 들었다. 아는 것이 많아지니까 조심해야 할 게 점점 더 많이 눈에 들어오기 시작했다. 오히려 이것이 나에게 독이 됐다. 나는 건강에 점점 더 집착하면서 과하게 몸에 신경 쓰기 시작했다. 지식이 쌓일수록 먹을 수 있는 음식 목록은 줄어들었다. 그렇게 나는 입에 들어가는 음식부터 철저하게 검열하는 지경에 이르렀다.

나는 고기를 좋아한다. 고기에 대한 내 마음을 표현하기엔 사랑한다고 하는 게 더 맞을지도 모르겠다. 불판 위에 고기가 올라갔을 때 들리는 소리는 내 마음을 춤추게 한다. 나는 소고기, 돼지고기, 닭고기, 오리고기 가리는 것 없이 다 좋아한다. 그런데 염려증 때문에 나는 사랑했던 고기를 등지고 잠시 다른 곳에 눈길을 줬다. 입보다는 몸을 즐겁게 하기 위한 결정이었다.

불에 가열된 생고기에서 발암 물질이 생성된다는 사실을 알게 되면서 덜컥 겁이 나기 시작했다. 고기를 먹는 것이 자해처럼 느껴졌다. 물론 고기를 구운 것보다 삶은 것은 안전하다고 하지만 찝찝했다. 마음이 아팠지만, 나는 육류와의 관계를 정리하고 떠나보내기로 했다. 그러다 그 빈자리를 하얀색 두부와 검은콩 같은 식물성 단백질로 메우려 했다. 이와 더불어 단맛이 혀에 닿는 것도 금지했다. 한 번씩 나에게 허용했던 군것질은 모두 금지하고, 저혈당이 발생하거나 예방할 때만 예외적으로 허용했다. 짠맛도 되도록 멀리했다. 염분이 혈압을 높일 수 있다는 연구 결과 때문이었다. 그렇게 염려증으로 인해 먹는 것부터 바꿨던 나는 점점 변화를 마주하게 된다.

지금 내 몸무게는 보통 70킬로그램으로 측정된다. 키가 184센티미터라는 것을 고려하면 말랐다는 말을 자주 듣곤 했다. 이 계체량을 이십 대부터 지금까지 십오 년 가까이 유지하고 있다. 그런데 고기를 끊었던 기간에 먹었던 두부조림, 콩자반, 생선구이가 고기의 빈자리를 채워주지는 못했다. 오장육부로 들어간 그것들은 내 피와 살이 되기에는 부족했는지, 내가 같은 활동을 해도 에너지 소모가 더 크게 느껴졌다. 그러다 보니 나는 점점 매가리가 없어져갔다. 일상에서 에너지를 많이 썼던 탓인지 운동하는 것도 힘에 부쳤다. 운동이라곤 식후에 짧게 하는 산책이 전부였다. 팔굽혀 펴기와 스쿼트 같은 맨몸 운동은커녕 덤벨을 이용한 근력 운동은 할 엄두가 나지 않았다. 운동이 아니라 노동하는 것 같았기 때문이다. 몇 달을 지냈더니 내 몸무게는 무려 66킬로그램으로 내려갔다. 주변 사람들이 무슨 일 있느냐며 모두 걱정을 할 정도였다. 매일 보는 부모님마저도 내가 쓰러지지는 않을까 노심초사했다.

그만둘 법도 했지만 내가 계속 이 방식을 고집했던 이유는 단 하나였다. 바로 인슐린 투여량이 감소했기 때문이다. 앞에서 말했듯이 이 시기에도 나는 자신을 환자로 여겼기에 인슐린을 약으로 인식했다. 그래서 인슐린 투여량이 줄어들면 몸 관리를 잘한다고 생각했다. 다행히 이것이 잘못된 착각이라고 알게 되기까지는 그리 오래 걸리지 않았다.

인슐린은 혈당이 오르는 걸 막는 호르몬일 뿐이다. 그래서 인슐린 주사도 그 용도를 정확히 알고 사용한다면 투여량에 연연할 필요가 없다. 몸이 요구하는 인슐린양은 상황에 따라 다르기 때문이다. 건강을 염려했던 기간 동안 음식 섭취 열량이 줄었으니, 내 몸은 인슐린을 적게 요구할 수밖에 없었다. 그래서 적게 먹은 덕분에 인슐린 투여량도 줄고, 몸무게도 줄 수밖에 없었던 거다. 이런 이해가 부족했던 나는 단순히 인슐린 주사를 적게 맞으며 살 수 있다는 게 좋았다. 주사의 도움을 조금만 받으며 살 수 있다는 게 의미 있다고 여겼기 때문이다. 점점 말라가더라도 나는 이 방식이 최고라고 생각했다. 인슐린 투여량이 줄어드는 것을 일종의 승리처럼 여겼던 거다. 나는 착각하고 있었다. 누군가의 도움을 덜 받을수록 더 독립적이고 강한 사람이 된다는 착각이었다. 숫자에 집착했던 나머지 정작 내 몸이 무엇을 원하는지, 어떤 상태가 진정으로 건강한 것인지를 놓치고 있었음을 깨닫자, 진짜 독립은 도움을 거부하는 것이 아니라, 필요한 도움을 받아들이면서도 자신의 삶을 주도적으로 꾸려가는 거라는 생각이 들었다.

그동안 하루 한 끼는 고기를 먹던 나는 그것을 멀리한

탓에 몇 가지를 잃어버렸다. 가장 크게 잃어버린 것은 즐거움이었다, 내가 가장 좋아했던 담백함과 감칠맛을 느끼지 못하니 살맛도 나지 않았다. 좋아하는 것을 음미하며 뇌에서 도파민이 빵빵 터지는 그 쾌락이 그리웠다. 나에게 몇 안 남은 즐거움 중에서 그것마저 빼앗기니까 생기가 사라질 수밖에 없었다. 게다가 오장육부가 비어 있는 느낌이 들면 내 마음도 빈곤해질 때가 많았다. 이 허한 느낌으로 인해 나는 항상 무엇인가를 갈구하는 인간처럼 굴었다. 고기를 제외한 그 어떤 것을 먹더라도 속이 채워지지 않았다. 그렇게 나는 의도치 않게 극단적인 다이어트를 하다가 각자에게 맞는 방식이 있다는 걸 알게 됐다.

아무리 튼튼한 신체를 가졌어도 그것을 움직이는 마음이 약해지면 몸도 같이 따라가기 마련이다. 건강 염려증은 내 마음을 약하게 만들었다. 이렇게 마음이 약해지니 조그마한 몸의 변화도 크게 받아들였다. 나는 시험 기간만 되면 소변 때문에 화장실을 자주 가곤 했다. 이것은 긴장하면 나타날 수 있는 자연스러운 반응이다. 하지만 그 당시 나는 비뇨기를 염려해 병원에 가서 전립선 검사까지 받기도 했다. 당연히 결과는 이상 없음이었다. 결국 내가 있지도 않은 병을 키운 셈이었다.

멋지고 화려한 옷이라도 내게 맞지 않으면 의미 없는 것처럼, 사는 방식도 그랬다. 건강을 염려하다가 집착했던 나머지 오히려 건강할 수 없는 상황에 이르고야 말았다. 그 시간 덕분에 난 몸과 마음이 밀접하게 연결되어 있다는 걸 느낄 수 있었다.

요즘 나는 몸 건강뿐만 아니라 마음 건강도 보살피고 있다. 육체의 아름다움 못지않게 내면의 아름다움도 추구하려 한다. 특별한 방법은 없다. 단순하게 내가 만족할 수 있는 행위로 일상을 채울 뿐이다. 나는 하루에 한 끼는 고기를 먹는다. 나는 체질적으로 모든 고기와 궁합이 잘 맞아서 그것을 먹고 나면 엄청난 만족감을 느낀다. 더불어 이 만족감은 러닝머신 위에서 숨 가쁘게 달리거나, 근력 운동을 할 때 더 커진다. 몸속에 공급된 단백질이 운동 덕분에 몸 구석구석을 단련해주기 때문이다. 이런 만족은 쌓여서 풍족함으로 다가오곤 했다.

내게 건강한 삶이란 결국 자기다움을 잃지 않는 삶이다. 남들이 좋다는 방식을 맹목적으로 따르기보다, 내게 맞는 방식을 찾아가는 게 중요하다. 더 나아가 살아 있음은 삶 전체를 음미하는 거라는 생각도 들었다. 그 음미는 몸과 마음이 조화를 이룰 때 비로소 가능했다.

브로콜리를 데치는 정성이
나라를 구할 정도는 아니지만

아내가 나에게 지어 준 별명이 있다. 브로콜리 살인마다. 매주 브로콜리 서너 송이를 먹는 내게 아주 찰떡같은 별명이다. 줄기 끝에 모인 초록색 꽃봉오리들이 탐스럽게 느껴질 때가 많다. 안타깝게도 외모와는 다르게 맛과 향은 내 취향이 아니다. 하지만 브로콜리와 함께한 지는 어느새 십 년이 훌쩍 넘었다. 브로콜리와 함께했던 이유는 순전히 내 건강을 위해서였다. 일상에서 내 몸을 지키기 위한 작은 실천 중 하나다.

성인이 되고 나서는 혈당 관리를 하다가 문득 이런 생

각이 들었다. 인슐린 주사만으로 관리하면 어떨까. 우리 몸에서 혈당이 올라가면 인슐린이 분비되듯이, 나도 인슐린 주사만 잘 맞으면 다른 사람들처럼 문제없을 거로 생각했다. 근본적인 건강 관리는 뒷전으로 미루고 수치만 잘 맞추면 그만이라고 믿고 싶었다. 돌이켜보면 그건 내 몸을 속이면서 자신을 기만하는 일이었다. 이 당시 나는 반복된 일상에 싫증을 느꼈다. 입이 즐거운 음식을 최대한 피하고 산책과 운동을 병행하는 삶이 지루하게만 느껴졌다. 그래서 일탈을 꿈꿨다. 혈당은 준수한 범위 내로 관리하면서, 한 번뿐인 인생 먹고 싶은 것 다 먹으면서 즐기자고 생각했다. 그러다 서서히 안일함에 중독되어 갔다. 나에겐 인슐린 주사라는 든든한 지원군이 있었기에 겁날 게 없었기 때문이다.

늦은 밤 나는 혼자 방 안에서 과자 두세 봉지를 금세 먹어 치우기 시작했다. 그중에서 가장 별미는 생라면이었다. 짭조름한 그것을 집어 먹기 전에 라면수프를 넣고 봉지를 흔들 때마다 가슴이 벅차면서, 집어 먹는 상상만 해도 군침이 돌 정도였다. 이 순간만큼은 내가 세상에서 가장 자유로운 사람처럼 느껴졌다. 하지만 그건 자유가 아니라 방임이었고, 나를 망치는 자해 행위였다. 나는 그걸 알면서도 모른 척했다. 더 정확하게는 알고 싶지 않았다. 생라면을 다 먹은 뒤에 나는 인슐린 주사를 맞고 만족감에 취했다. 하지만 애로 사항이 하나 있었다. 한 번에 많은 인슐린을 투여했기 때문에 저혈당이 자주 발생했다. 그래서 떨어진 혈당을 복구하기 위해 나는 주스와 같은 음료수를 보충해야만 했다. 그런데 가관인 것은 저혈당 때문에 마신 음료수로 인해 혈당이 또 올라가 추가 주사를 맞았다는 거다. 이쯤 되면 내 몸은 내 건강을 담보로 한 혈당의 놀이터였다. 이 악순환을 겪으면서도 나는 멈추지 않았다. 오히려 이런 상황을 관리하고 있다고 착각했다. 혈당이 오르면 주사를 맞고, 떨어지면 음료수를 마시는 이 과정을 정교하다고 느낄 정도로 어리석었다. 내 몸은 롤러코스터를 타고 있는데, 나는 그걸 즐기고 있다고 믿었다.

이런 일이 반복되다 보니 내 몸에 투여되는 인슐린양은 점점 더 늘어만 갔다. 그런데 신기하게도 공복이나 식사 후 측정된 혈당이 준수하게 나왔다. 게다가 육 개월마다 받는 혈액 검사에서도 당화 혈색소 수치가 준수한 결과를 나타내는 게 아니겠는가. 검사 결과까지 내 관리 방식을 긍정해준다고 여겨졌다. 그 검사 수치는 내가 틀리지 않았다는 증거처럼 보였다. 나는 이 숫자를 방패 삼아 내 행동을 정당화했다. 시험 전날 벼락치기로 좋은 점수를 받고 "내 공부법이 맞았어!"라고 외치는 학생 같았다. 하지만 편법이 통하는 것도 한두 번이지, 계속될 수는 없었다. 숫자에 매몰된 나는 점점 더 깊은 악순환에 빠져들어 갔다.

어느 날 식후에 혈당을 측정해봤다. 평소랑 똑같은 밥을 먹고 인슐린도 비슷한 양을 투여했다. 더불어 활동량도 비슷한 날이었다. 그런데 혈당만은 달랐다. 식사 후 한 시간이 지났을 때 혈당 수치가 300mg/dL에 가까웠다. 그 순간, 심장이 철렁하고 내려앉았다. 처음 겪는 일 때문에 나는 적잖이 당황했다. 어쩌면 처음으로 마주한 경고였다. 내 몸이 더 이상 견딜 수 없다며 한계에 도달했다고 외치고 있었던 거다. 나는 추가로 인슐린 주사를 투여해서 우선 급한 불을 끄려 했다. 그런데 얼마 후 다시 혈당을 재봤더니 그 불씨가 꺼지지 않은 채 계속 남아 있었다. 보통 인슐린 주사를 투여하면 혈당이 내려가기까지 시간이 걸리기 마련이다. 당황했던 나는 한 번 더 인슐린을 추가 투여했다. 평소보다 인슐린을 두 배는 투여하게 됐다. 그 순간, 나는 공포에 질렸다. 내가 통제하고 있다고 믿었던 모든 것이 무너지는 느낌이었다. 인슐린 주사라는 무기가 더 이상 작동하지 않는다면, 나는 무엇으로 버틸지 막막하기만 했다. 결국 어느 순간에는 저혈당을 맞이할 수밖에 없었다. 이렇게 혈당이 출렁이는 날들을 경험하다 보니, 어느새 내 체력도 버텨주지 못했다. 나는 또 예민 끝판 왕으로 변해버렸다.

안일한 생활에 젖어 있던 나는 본능적으로 직감했다. 이렇게 더 살다가는 일상이 파괴될 거라고. 게다가 그토록 두려워했던 합병증도 더 빨리 만날 것 같았다. 무엇보다 두려웠던 건 내가 자신을 믿을 수 없게 됐다는 사실이었다. 내 몸이 보내는 신호를 무시하고, 편한 길만 택했던 나 자신을 용서할 수 없었다. 거울을 볼 때마다 스스로가 부끄러웠다. 나는 살기 위해서 이전으로 돌아가려 했다.

인슐린 한 단위를 주삿바늘로 짜내면 정말 눈곱만큼의 양이 나온다. 그것을 보고 있다가 이런 생각을 했다. 고작 이 몇 방울이 없어서 혈당이 그렇게 춤을 추는 건가. 이 작은 방울들이 내 인생을 좌지우지한다는 게 참 서글픈 갑을 관계처럼 보였다. 그래서 나는 인슐린 몇 방울을 대신할 수 있는 것을 찾기 시작했다. 나는 그 과정에서 먼저 건강하다가 어떤 개념인지 알고 싶었다. 사전에는 마음과 몸에 탈이 없고 튼튼한 상태라고 정의되어 있다. 문장을 바라봤던 순간, 나는 그 누구보다 내가 미웠다. 나를 아껴 주지는 못할 망정, 방치하면서 학대한 것 같은 기분이 들었기 때문이다. 안 그래도 나는 언제 터질지 모를 시한폭탄을 지니고 사는데, 스스로 이 폭탄 터질 날을 앞당겼다는 사실에 한숨이 나왔다.

하지만 비 온 뒤에 땅이 굳는다는 말이 있듯이, 위기감을 느꼈던 나는 내 몸에 대해서 제대로 공부하기 시작했다. 건강 서적을 뒤지며 그동안 갖고 있던 잘못된 개념을 하나씩 뜯어고쳤다. 그러다 나에게 있어 가장 뿌리가 되는 핵심 개념을 세울 수 있었다. 바로 혈당보다는 건강을 관리하자는 거였다. 나무를 보기보다는 숲을 보자고 생각했다. 그래서 몸과 정신을 튼튼하게 관리하다 보면, 혈당 수치는 저절로 좋아질 거라 믿었다. 부분보다는 전체를 보려는 노력은 수치에 집착하는 대신, 내 몸이 진정으로 원하는 것에 귀 기울이기는 태도로 바뀌어 갔다. 이 깨달음이 단순해 보이지만, 내게는 혁명 같은 변화였다. 이런 변화가 어두운 터널 속을 걷고 있던 나에게 자그마한 희망을 심어 줬다. 이 희망 덕분에 나는 새로운 목표를 세울 수 있었다. 그건 인슐린 주사를 최소한으로 사용하며 즐겁게 지내는 것이었다.

다행히 나는 식욕을 절제하며 살아왔기에 식단을 따로 조절할 필요는 없었다. 그보다는 몸과 마음을 튼튼하게 만드는 데 집중했다. 특별한 방법이 있는 건 아니었고 내가 할 수 있는 활동의 범주를 넓히는 데 초점을 맞췄다. 그래서 웨이트 트레이닝을 하며 근육량을 늘리고 러닝을 하며 육체를 단련하는 동시에 요가와 명상도 하면서 마음을 갈고 닦는 데에도 시간을 투자했다.

그랬더니 몸에서 서서히 효과가 나타나기 시작했다. 내 피부를 관통한 인슐린은 늘어난 근육량 덕분에 일을 더 효율적으로 처리했다. 인슐린 한 단위 효과가 두세 단위를 투여한 것과 비슷했다. 더불어 달리기 덕분에 몸속에 과하게 남아 있는 자원을 태워서 그런지 몸이 가볍게 느껴졌다. 또 달리다 보면 쓸데없는 걱정과 불안도 없어져서 개운해졌다. 이런 노력과 더불어 고요한 분위기에서 요가와 함께 명상을 하니까, 마음도 편안해져서 얼굴도 그만큼 밝아지는 걸 느꼈다.

이렇게 몸과 마음을 갈고 닦다 보니 현재 인슐린 투여량은 암흑기와 비교해서 거의 절반 수준으로 줄었다. 가끔은 신기하다. 이렇게 인슐린 주사를 적게 맞으며 잘살아가고 있다는 게. 내 몸에 조금 더 관심을 기울이고 정성을 들인 결과라 생각한다. 그 효과를 톡톡히 맛본 덕분에 내가 주기적으로 브로콜리를 먹는 듯하다.

브로콜리를 먹는 과정은 크게 세 단계다. 우선 그것을 통째로 물속에 십오 분 이상 담가서 이물질을 제거한다. 그다음은 잘게 썰어서 밀가루를 푼 물에서 손으로 주물럭거리며 더 세밀하게 씻는다. 마지막으로 끓는 물에 넣었다가 브로콜리가 맑은 초록빛을 나타내면 꺼낸다. 이 과정은 삼십 분 정도 걸린다. 그렇게 탱글탱글해진 브로콜리를 보고 있으면 내 마음이 흐뭇해질 때가 많다. 매주 투자하는 삼십 분이 내 삶을 조금 더 건강하게 만들어 줄 거라는 생각 덕분이다. 물론 처음에는 그 시간을 투자하는 게 아깝기도 하고 귀찮았다. 하지만 요즘에는 그 시간이 내 몸에 정성을 쏟는 시간처럼 느껴진다. 그래서 더 귀하다.

브로콜리를 데치는 그 정성이 나라를 구할 정도는 아니지만, 내 삶 정도는 구할 수 있을 것이다. 이렇게 정성을 들인 시간이 쌓이면, 그 시간의 물줄기가 나를 이상향으로 흐르게 해줄 거라 믿는다. 그 과정이 앞으로도 즐겁고 웃음 가득하길 바란다.

나를 위해 웃기

아침 7시 50분 승강장에는 출근길에 오르기 위해 삼삼오오 사람들이 줄을 서서 기다리고 있다. 이 무리에 속했던 나는 약학 대학(약대)에 합격 후 학교에 가는 것만으로도 뿌듯함을 느꼈다. 긴 수험 생활로 인해 갈 곳 없는 신세에서 가야 할 곳이 생겼기 때문이다. 이 흥겨움에 취한 나머지, 사람들이 빼곡한 지옥철도 나에게는 천국으로 인도해 주는 고마운 수단이었다. 이 감사함은 지금도 잊히지 않지만, 학교에 가는 그 여정이 즐겁지만은 않은 순간도 맞이하게 됐다.

약대에 입학하기 위해서는 적어도 대학교 학부 이 년을 수료해야 한다. 그래서 나를 포함한 모두가 대학 생활을 경험하고 왔다. 직장을 다니다 온 사람도 있었다. 학과 활동이나 사회 생활 없이 공부만 하다 온 내게 약대 생활은 더 어렵게만 느껴졌다. 마치 아무런 무기도 없이 벌거벗은 게임 캐릭터로 중간 보스를 물리치러 가는 느낌이랄까. 긴 시간을 혼자 지내다 보니 여러 사람을 만나는 게 막막했다. 집단생활을 잘하려면 자신의 개성을 잠시 놓아둘 필요가 있다. 너무 튀면 무리에서 튕겨나갈 수도 있기에 적절한 선을 지키는 감각이 필요할 때도 있다. 그래서 그 선을 잘 지키는 사람은 집단에서 환영받을 때가 많을 것이다. 하지만 그 선을 어떻게 지켜야 하는지 모르거나, 왜 지켜야 하는지 모른다면 소외감을 느낄 수도 있다. 과거의 나처럼.

나도 집단에서 환영받으려고 안간힘을 써 봤다. 어떻게 해야 내가 다른 사람에게 호감을 살 수 있을지 연구도 했다. 입력하는 대로 출력되는 인공지능이었다면 좋았겠지만 그 연구 성과가 내 바람대로 잘 나오지는 않았다. 오히려 내 연구는 어떻게 하면 더 어색해질 수 있을까, 하는 반대 명제만 증명하고 있었다. 그러다 나는 제 풀에 지쳐서 소외감 느끼는 길을 선택하고야 말았다.

"마셔라! 마셔라!" 외치며 그놈의 어깨춤은 언제까지 추게 할 거냐는 술자리 모임은 대학생이라면 한 번쯤 거치는 필수 코스다. 나는 소위 말하는 알코올 쓰레기로 태어났기에 소주 네 잔이면 영혼이 가출하곤 했다. 때때로 주제도 모르고 허용량 이상으로 알코올을 섭취했다가 큰코다친 적도 있다. 술 먹기 게임을 하다가 누군가가 나를 놀려댄 것이 기분 나빠 자존심을 부린 탓이었다. 앉은 자리에서 맥주와 소주, 막걸리를 혼합한 그것을 한 사발 들이켰다가 큰일을 치르고야 말았다. 그 이후는 기억하고 싶지 않지만 내 머리에 빼곡히 저장되어 있다. 이것을 계기로 나는 어디를 가더라도 소주 한 잔 쪼개기 신공으로 버티곤 했다.

대개 술자리 묘미는 술의 힘을 빌려 어색한 사람들과 하하 호호 즐거워질 수 있다는 데 있다. 하지만 나는 그것이 즐겁게 느껴지지 않았다. 음주 자체를 즐기지 않았고, 어색한 사람과 소통하는 것 자체가 내게는 큰 과제였기 때문이다. 그래서 나는 술자리에서 늘 얼어붙은 사람으로 있는 게 일상이었다. 즐거운 분위기에 찬물을 끼얹는 게 싫어서 나도 손뼉 치며 웃어 봤지만, 전혀 즐겁지 않았다.

그러다 어느 순간엔 긴 수험 생활 때문에 사회성이 부족해진 건가, 하며 자책도 했다. 이런 자책 때문인지 나는 사람을 상대하는 것 자체에 어려움을 느끼기 시작했다. 눈 마주치며 인사하는 것, 대화하는 것, 같이 밥 먹는 것, 타인과 일상을 보내는 것이 나에겐 점점 큰 부담으로 다가왔다. 약대에 입학하면 모든 것이 순탄할 줄 알았는데 당혹스러운 일이 많았다.

약대 동기들로부터 내가 가장 많이 들었던 말이 있다. 동기들은 인사 대신에 나에게 농담처럼 "화났어?"라는 질문을 자주 했다. 마치 브랜드의 상표처럼, 내 얼굴에는 화가 트레이드 마크처럼 박혀 있었나 보다. 상대방이 봤을 때 그렇게 생각했던 이유는 크게 두 가지였다. 그것은 표정과 퉁명스러운 말투 때문이었다. 그래서 그 시절 나는 첫인상이 좋다는 말을 들어 본 적이 없다. 이게 늘 나에겐 콤플렉스였다. 이것을 극복하기 위해 나도 여러 가지를 시도해봤다.

우연한 기회로 나는 호텔에서 서빙 아르바이트를 했다. 서비스직에서 일하다 보면 내 표정과 말투가 조금은 부드러워질 것 같아서다. 게다가 하루 일하는 것이기에 부담도 없었다. 카스텔라 같은 부드러움을 꿈꿨던 나는 연회

장을 휩쓸고 다녔다. 마치 우수한 서비스 정신으로 갖춘 직원처럼 말이다. 그렇게 한 시간이 흘렀을까. 열심히 서빙하고 있던 나를 갑자기 누군가 다급히 손짓하며 불렀다. 바로 지배인이었다. 무슨 큰일이라도 난 것처럼 보였다. 나는 부리나케 그곳으로 달려가봤더니 그는 조용히 나를 주방으로 데려갔다. 그리고 다음과 같이 말했다.

"친구야. 어디 불편해? 표정이 왜 그러니?"

어쩔 줄 몰랐던 나는 멋쩍은 웃음과 함께 너스레를 떨었다. 하지만 그는 내가 서빙하기에 탐탁지 않았는지, 주방 일을 하라고 지시하고는 곧장 나가 버렸다. 그 순간 내 눈은 수산시장에서 팔리지 않는 흐릿한 생선 대가리 눈처럼 흐리멍덩했을 것이다. 충격이 너무 심했던 나머지 나는 엄청난 자괴감을 느끼면서 주방에서 설거지를 했다.

나는 세상과의 소통에 큰 관심을 두지 않고 살아왔다. 정확하게는 소통에 관심을 둘만한 여유가 없었다. 내 앞 가림을 하기에도 바빴기 때문이다. 그래서 소통이라면 오직 나하고만 했던 게 전부였다. 그래서 나는 다양한 사람들과 소통하는 법을 배우지 못한 채 사회에 나와버렸다. 때가 되면 사람 대하는 것도 능숙해질 거라 믿었다. 하지만 이 믿음이 신기루에 불과하다는 것을 깨닫고 나서 일부러 낯선 모임을 찾아다녔다. 사회성도 경험이 쌓이면 정말 좋아지는지 궁금했기 때문이다. 독서, 영어 회화, 봉사 활동 등 여러 가지 모임에 나가서 다양한 사람을 만났다. 그렇게 여러 상황에 노출되었던 나는 하나만은 확실하게 알 수 있었다. 나는 정말 내향적이다. 사람을 만나면 에너지를 얻는다는 사람들과는 달리, 나는 모임에만 참여하면 점점 피로에 절여졌다. 모임 때문에 그 자리에 앉아 있다가 조금만 있어도 나는 집에 가고 싶을 뿐이었다. 이런 시행착오 끝에 나를 잘 알게 됐다는 것과 더불어, 다양한 사람과 소통하는 방식을 익힌 것은 커다란 수확이었다.

이 소통 방식은 간단했다. 상대방에게 잘 보이려고 애쓰기보다는 진정성을 갖춰서 대하자는 것이었다. 그러다 나와 결이 맞으면 인연이 되는 거로 생각했다. 이렇게 결론 내린 덕분일까. 낯선 사람과 있으면 삐걱대던 나에게 조금씩 윤활유가 스며드는 듯했다. 나는 이 윤활유가 온몸에 퍼졌으면 해서 다른 노력도 했다. 바로 안면 근육 운동이다.

내 무표정은 누군가에게 화가 났느냐는 오해를 낳게 해서 개선이 시급해 보였다. 병원에 가서 성형 수술을 할 자신은 없고 다시 태어날 수도 없는 노릇이기에 딱히 선택지가 없었다. 그래서 밑져야 본전이라는 마음으로 시간이 되는대로 얼굴 근섬유에 자극을 주기 시작했다. 가장 집중적으로 자극을 줬던 부위는 입꼬리였다. 무표정으로 있을 때 내 입꼬리는 남들이 받는 중력의 두세 배를 받는지 항상 축 처져 있다. 그래서 나는 아침에 거울을 보면서 작은 소리로 "개구리 뒷다리"를 외치곤 했다. 입꼬리에 경련이 생기고 마비가 올 것 같았지만 잠시나마 그 근육을 붙잡을 수 있었다. 거울 속 내 모습은 영락없이 미소를 연습하는 로봇 같았다. 다행히 붙잡는 시간이 초에서 분으로 늘어나면서, 서서히 입꼬리에 중력에 대항할 힘이 생기는 게 느껴졌다. 꾸준하게 연습한 결과였다.

이렇게 의식적으로 미소를 짓다 보니 나에게 뜻밖의 변화가 찾아오기 시작했다. 그것은 올라가는 입꼬리에 비례해서 눈도 같이 웃게 된다는 것이고, 표정이 밝게 변한 만큼 마음에도 변화가 찾아왔다.

나는 근육은 다 연결되어 있기에 미소를 지으면 눈 근육도 같이 움직여야 자연스럽다는 것을 알았다. 입꼬리를 올린 상태에서 눈은 가만히 두었더니 뭔가 어색하게만 느껴졌다. 직접 경험해보면 알 것이다. 게다가 입꼬리만 올라간 미소는 오히려 공포감을 줄 수도 있다. 그런 표정은

조커의 사촌뻘은 되리라 본다. 여러 가지 연구를 했던 나는 한 가지 명제가 진실인지도 밝힐 수 있었다. 행복해서 웃는 것이 아니라 웃어서 행복하다는 말처럼, 얼굴을 활짝 펴는 연습을 하다 보니 움츠렸던 내 마음 근육도 서서히 펴지는 게 느껴졌다. 가끔은 얼굴은 마음의 창문이라는 말을 떠올리며 표정을 내 마음 상태를 점검하는 수단으로 이용하기도 했다. 이런 노력 덕분인지 요즘 나는 얼굴 좋아졌다는 칭찬을 많이 듣곤 한다. 칭찬은 고래도 춤추게 만든다고 했던가. 내 목소리를 전달했던 투박한 말투에도 미세하지만 부드러움이 묻어났다. 같은 의미라도 더 부드러운 단어와 억양을 추구하게 된 것이다. 이 모든 게 한동안 그늘졌던 내 얼굴에 밝은 햇살을 비추기 위해 노력한 결과였다.

하얀 팔레트에 여러 물감을 섞으면 다양한 색깔이 만들어진다. 그렇게 물감을 하나둘 섞다 보면 독특하거나 짙은 색깔이 관찰되곤 한다. 그런데 이 독특함 때문에 도화지에서 다른 색과 조화를 이루는 게 어려울 수도 있을 것이다. 본인의 색깔이 독특하거나 강해서 누군가와 쉽게 어울리지 못하는 것처럼, 과거에 나도 누군가와 함께 가기보다는 혼자 걷는 길을 선택해야만 했다. 오랫동안 내 안에 무언가와만 소통을 하다 보니 다른 곳에 눈 돌릴 여유도 없었다. 아마도 그 소통이 이루어진 배경은 어두운 무채색에 가까웠을 것이다. 그래서 나는 그 시절 경험하지 못했던 다양한 색채를 지금이라도 내 마음에 하나씩 덧입히고 있다. 최대한 밝은 색으로. 그 형태가 앞으로 어떻게 바뀔지 궁금하다.

약국에서 하는 생각

문이 열리는 동시에 하얀 종이를 들고 있는 어르신들이 한꺼번에 들어온다. 이들을 맞이하는 안내 직원은 그 종이를 받아 들고 바코드 스캐너를 이용해서 삑삑, 하며 경쾌한 신호음을 울린다. 신호음 발생 주기에 따라 공기의 흐름이 휘몰아치거나 부드러울 수도 있다. 약속이나 한 것처럼 대부분 약국에서 이렇게 시간이 흘러간다. 나는 그 흐름에 자연스레 올라타서 약사라는 이름표를 달고 일하기까지 숱한 과정을 겪어야만 했다.

무릎까지 내려오는 하얀 가운을 입고 왼쪽 가슴에 약

사 명찰을 처음 달았던 그 순간, 내가 느꼈던 감정은 뿌듯함이었다. 게다가 자연산 어깨 뽕과 함께 내 목에는 깁스한 것처럼 힘이 들어가기도 했다. 이 순간을 위해서 그동안 달려왔던 자신이 자랑스럽게 느껴졌다. 이제 약국을 방문하는 분들에게 최선을 다해 내 임무만 잘 수행하면 될 거라 여겼다. 그런데 웬걸. 일하면서 내가 처음으로 마주했던 감정은 좌절이었다.

“안녕하세요. 무엇을 도와드릴까요?”

“감기에 걸려서요. 약 좀 주세요.”

“아…. 잠시만요. 약사님!”

새내기 약사로 일할 때, 나는 선배 약사님에게 매번 도움을 구하기 바빴다. 환자가 요구하는 것이 무엇인지 파악하는 것부터 해서 약을 건네는 방식까지 모든 게 어렵게만 느껴졌다.

명찰에는 분명 약사라고 적혀 있는데, 내 역할은 선배 약사 호출 벨에 가까웠다. 환자 앞에서 선배 약사를 부르는 횟수가 많아질수록, 명찰 속 약사라는 글자가 점점 더 무겁게 느껴졌다. 내가 망설이던 몇 초 동안 환자의 신뢰감과 내 안의 자신감이 서서히 바닥으로 가라앉는 듯했다. 그래서 나는 한동안 선배 약사의 대응 능력을 어깨너

머로 배울 수밖에 없었다. 이런 기회가 있어서 감사했지만, 언제까지나 도움을 요청할 수는 없었다. 나는 하루빨리 성장해서 일인분의 몫을 톡톡히 해내야만 했다. 그런데 약물 지식을 공부하는 것과는 별개로 내가 신경 써야 할 부분이 하나 더 있었다. 바로 환자를 대하는 자세였다. 그들과 소통하는 내 모습은 설익은 바나나처럼 딱딱했다. 물론 초보 때 능숙함을 바라는 것은 지나친 욕심일 수도 있다. 하지만 딱딱한 내 모습을 부드럽게 숙성되게 하려면 무엇인가 많이 필요해 보였다.

약대 졸업을 앞두고 나는 고민했다. 내가 약사로 잘 살아갈 수 있을지. 성격도 내성적인 데다가 사람 대하는 것도 힘들어했기에 고민할 수밖에 없었다. 그런데 졸업 전 약국 실습으로 내 생각에 조금씩 변화가 생겼다. 그동안 세상과 담쌓고 살던 나는 약국에서 여러 환자와 소통하는 일이 보람될 때가 많다고 느낀 것이다. 특히 나는 약국을 방문하는 사람들의 마음을 누구보다 충분히 공감할 수 있었다. 그리고 이 공감이 쌓이면 어느샌가 누군가에게 위로가 된다는 것도 경험했다. 그렇지만 이 공감은 표현하지 않으면 전달될 수 없다. 초보 약사였던 나는 이 공감을 전달하기엔 역부족이었다. 그 이유는 얼어 있는 표정과 퉁명스러운 말투로 환자 마음을 외면하기 일쑤였기 때문이다.

사람이 소통하는 데 영향을 주는 요소는 여러 가지일 것이다. 대표적으로 표정, 몸짓, 눈빛 그리고 말투처럼 같은 언어라도 달리 들리게 만드는 요소가 많다. 아무리 좋은 말이라도 이 요소들과 불협화음을 일으킨다면 좋게 들릴 수가 없다. 그래서 나는 경련이 발생할 정도로 입꼬리를 올리고, 교양 있는 사람의 언어처럼 말꼬리도 올리며 상냥하게 보이려고 안간힘을 썼다. 처음에는 그런 내 모습이 어색하게만 느껴졌다. 두 손발이 오그라들 만큼 부끄러웠다. 하지만 시간이 흘러 어색했던 순간도 일상이 되니, 점차 내게 맞는 옷을 찾아가기 시작했다. 환자를 대하는 내 모습에도 조금씩 부드러움과 여유가 배었다. 그 덕분에 약국 안에서 낯선 사람을 만나는 게 더 이상 어렵게 느껴지지 않았다. 그렇게 나는 조금씩 성장하는 듯했다. 성장하는 과정에서 많은 걸 배우며 성취감도 느꼈지만, 나는 한 가지 놓치는 게 있었다. 진정성이었다.

연기하는 듯한 모습으로 응대를 마치고 나면, 손님이 머물다 간 그 자리에는 왠지 모를 헛헛한 공기가 남아 있었다. 알맹이는 없고 빈껍데기만 남은 느낌이었다. 프로 그래밍은 완벽한데 무언가가 빠진 친절 로봇이 된 기분을 느꼈다.

나는 무엇을 채워야 하는지 계속 고민했다. 그렇게 한 발짝 떨어져서 내 마음을 들여다보는 시간을 가졌다. 그 해답은 간단했다. 나는 약사로 일하면서 보이는 것에만 치중했다. 상대방이 무엇을 원하는지 알아보려 했는가, 하는 질문을 나에게 던져봤을 때, 내 대답은 '아니오' 이 한마디로 정리됐다. 나는 진정으로 관심을 가지고 상대방을 대하기보단 관심 있는 척, 공감하는 척했다. 그런데 이런 부족한 나를 보고도 진심으로 감사 인사를 전한 이도 있었다. 그들의 얼굴을 떠올릴 때면 나는 밀물처럼 몰려오는 부끄러움 때문에 얼굴을 붉히기도 했다.

이런 날들을 계기로 나는 자신과 다음과 같이 약속했다. 환자와 대면하는 그 순간에는 내 마음에서 우러나오는 진짜 미소를 짓자고. 그래서 상대방에게 내가 공감하고 있다는 걸 제대로 전달하자고.

이렇게 마음먹으니까 나는 약국 문을 열고 들어오는 사람들에게 소소한 관심을 표현하기 시작했다. 첫 만남에 상대방에게 건네는 인사부터 부담스럽지 않은 선에서 근황 토크를 나누며 그들과 일상을 나눴다. 물론 처음에는 어색했다. "오늘 날씨가 춥죠?"라는 간단한 말 한마디를 건네는 데에도 용기가 필요했다. 이 한마디를 입 밖으로 꺼내기까지 머릿속에서 연습만 몇 백 번 한 것 같다. 이 말을 건넸던 나는 혹시나 불필요한 말을 한 게 아닐까 하고 혼자서 걱정하곤 했다. 하지만 한 할머니가 "그러게요. 추운데 약사님도 감기 조심하세요"라고 답해줬을 때, 나는 비로소 깨달았다. 사람들은 약만 원하는 게 아니라 따뜻한 말 한마디도 원한다는 것을.

이날 이후로 나는 조금씩 환자 한 명 한 명의 이야기에 귀 기울이기 시작했다. 손님과 나눈 작은 대화가 쌓이면서 약국이라는 공간이 조금씩 달라 보이기 시작했다. 약국은 단순히 약을 파는 곳이 아니라, 누군가의 하루에 작은 위로를 건네는 곳이 될 수 있다는 가능성을 봤다. 비록 짧은 순간이지만 나를 거쳐 간 그들의 미소가 비어 있던 내 마음을 조금씩 채워주는 듯했다. 이렇게 마음속 공간을 채우던 그때, 그전에 보이지 않던 것을 볼 수 있었다.

어느 날 나는 집 근처 편의점에 들어갔다. 그 순간, 직원이 나를 보며 반갑게 인사해줬다. 비록 짧은 순간이었지만 그 밝은 인사 덕분에 내 기분이 좋아졌던 기억이 있다. 공급자가 아닌 소비자 관점에서 바라보니 그 짧은 몇 초가 귀하게 느껴졌다. 그러다 문득 생각했다. 내가 약국에서 환자들에게 건네는 말 한마디, 짧은 미소가 누군가에게는 이런 의미일 수도 있다는 것을. 약사는 약을 짓는 동시에 아픈 사람을 만나는 사람이기도 하다. 그들이 약국 문을 열고 들어올 때의 표정, 약을 받고 나갈 때의 표정이 조금이라도 밝아진다면 그것이 내가 하는 일을 더 가치 있게 만들어 줄 거라 여겼다. 이런 생각 덕분에 내 안에서 무언가가 조용히 자리를 잡는 느낌이었다. 나는 그런 귀한 순간을 최대한 많이 수집하며 살고 싶어졌다.

여러 조각으로 이루어진 삶을 어떻게 보낼지 생각해봤다. 짧더라도 서로 웃으며 공감하며 사는 것. 나이가 들수록 이게 다인 듯했다. 그러다 나는 이것을 세상과 공유할 방법을 고민하던 차에 약사라는 직업에 대해 생각해 봤다.

내가 바라본 약사는 약과 더불어 세상과 소통하는 방식에 관해 계속 공부해야 하는 직업이다. 어쩌면 앞으로는 이 탐구 과정이 더 중요해질 거로 생각한다. 물론 모든 직업이 그렇겠지만. 그런데 그 과정을 지치지 않고, 이어 나가려면 뒷받침할 무언가가 필요할 수도 있다. 누군가에게는 그것이 돈이 될 수도 있고, 자아실현 같은 이상향이 될 수도 있다.

고민해본 끝에 나에게 필요한 것은 약속이란 생각이 들었다. 작지만 일상에서 지킬 수 있는 약속. 이것은 상대방에게 진심을 담아 자그마한 관심을 가지려는 노력이다. 매일 아침 오늘 만날 사람들에게 진심으로 다가가겠다고 다짐하는 것. 힘든 일이 있어도 내 앞에 있는 상대방에게만 온전히 집중하는 것. 물론 때로는 이 약속을 지키지 못할 때도 있다. 바쁘거나, 피곤한 날에는 나도 모르게 기계적으로 응대할 때가 있다. 그럴 땐 퇴근 후 거울을 보며, 오늘 나는 약사가 아니라 자판기였구나 싶어 씁쓸하다.

직업의식이 흐릿해질 때면 나는 그 약속을 되짚어 보곤 한다. 요즘은 이 약속을 어떻게 지킬 수 있을지 계속 연구하는 중이다. 그러던 중 약학의 약자를 맺을 약(約)자로 바꿔봤다. 이 글자가 지금 내게 많은 자극이 되고 있다. 그래서 앞으로는 나와의 약속을 지키는 방법에 대해서도 공부해볼 예정이다. 그 과정에서 여러 시행착오를 겪는 만큼 내 시간이 조금 더 풍성해질 거로 생각한다.

중요한 건 결국 태도

얼마 전 해외 축구 리그에서 뛰었던 전설들이 한국에서 이벤트 매치를 했다. 공격수 열한 명과 수비수 열한 명이 맞붙는 경기였다. 나도 축구를 사랑하는 팬으로서 경기 내용이 정말 궁금했다. 대부분 사십 대가 넘는 노장이었지만 현역 때 카리스마는 여전했다. 상대의 빈 공간을 침투하면서 골을 넣기 위한 드라마 같은 장면이 많이 연출됐다. 그런데 후반부로 갈수록 경기 흐름이 점점 한쪽으로 기울었다. 결국 4:1이라는 점수로 한쪽이 승리를 거머쥐었다. 승리한 팀은 수비수 팀이었다. 그들의 전술은 간단했다. 가장 잘하는 수비에만 집중하다가 기회가 왔을 때 놓치지 않고 매섭게 공격하는 것이었다. 반면에 공격수 팀은 공격할 때는 특기가 발휘되었지만, 막아야 할 때는 오합지졸이 되고 말았다. 이 경기를 보다가 문득 생각했다. 삶도 이와 비슷하겠다고. 나는 과거에 잘못된 전술로 인해서 승부에서 패한 적이 많았다. 내게 늘 패배감을 안겨준 것은 1형 당뇨를 대하는 태도였다.

　인공지능 프롬프트에 명령어를 입력하면 결과가 나오듯이, 한동안 내 전두엽 깊은 곳에 명령어처럼 입력된 것이 있었다. 그것은 '나는 1형 당뇨가 있으니까'다. 대부분 사고 판단이 이 명제를 기본값으로 하여 이뤄졌다. 한정된 체력을 혈당 관리에만 집중시키고 그 외 활동에는 소극적이었다. 이처럼 나는 1형 당뇨를 상대로 백 퍼센트 수비만 하면서 내 몸 하나 지키기에만 급급했다. 승리보다는 지지 않기 위한 승부만 했다. 하지만 내 팀에는 공격수가 없었기에 경기 결과는 늘 참패나 다름없었다. 그냥 내 한 몸 지킨 것을 감사히 여기는 게 최선이었던 것 같다. 이렇게 매일 자신을 한계선 안으로 가두던 나는 패배감에 익숙해졌다. 그런데 쳇바퀴처럼 굴러갔던 내 시간에 자그마한 균열이 생기기 시작했다.

대학교에서 한 학년을 무사히 마치고 겨울방학을 맞이하던 때였다. 추운 2월경에 동기 형으로부터 연락이 왔다. 제주도로 2박 3일 여행을 가자고 했다. 여행 테마는 등산이었다. 하얗게 눈이 내린 한라산을 등반하여 백록담을 보고 올 계획이라고 알려줬다. 그 제안을 들은 직후, 내 안의 수비수 열한 명이 우르르 몰려와 발을 동동 굴렀다. 추운 겨울에 눈까지 내린 그곳을 오르는 게 사서 고생하는 것처럼 느껴졌다. 여태까지 그래왔던 것처럼 나는 당연히 가지 말아야 할 이유를 찾고 있었다. 이미 머릿속에선 "그날 감기 걸릴 것 같아", "그때 중요한 약속 있을지도" 같은 변명 목록이 완성되고 있었다. 그런데 나는 쉽게 거절하지 못했다. 내 안에 마일리지처럼 누적된 패배감이 나를 자극했기 때문이다. 그동안 거절을 많이 해왔기에 이번에도 거절한다면, 패배의 씁쓸함이 나를 더욱 찝찝하게 만들 것 같았다. 그래서 오기가 생겼던 나는 함께하는 길을 택하고야 말았다. 겁이 났지만, 나는 이런 결정을 한 것만으로도 승리의 기쁨을 조금 맛봤다. 그리고 왠지 모르게 이 여행이 나에게 변화를 줄 거란 생각이 들었다.

제주도 여행 둘째 날 새벽에 우리는 목적지로 가기 위해 일찍 일어났다. 한라산에서 조금 떨어진 숙소에 묵었던 우리는 잠도 덜 깬 상태에서 차를 타고 그곳으로 향했다. 산으로 가는 길목에도 하얗게 눈이 쌓여 있어서 각별한 주의가 필요해 보였다. 그런데 이십 대 청년이었던 우리는 젊음의 패기만으로 정상을 정복하겠다는 각오가 있었나 보다. 등산 지팡이와 아이젠을 빌렸지만, 이것들이 우리를 지켜주기에는 턱없이 부족해 보였다. 특히 아이젠은 발 전면을 감싸기보다는 중앙에만 끼우는 형태라서 있으나 마나 한 것이었다. 내 신발도 등산화는 아니었기에, 나는 임시방편으로 양말을 신발 위에 덧씌워서 겉으로 보호만 했다. 할 수 있다는 자신감 하나만 믿고 나는 동기들에게 의지하며 눈 쌓인 그곳을 올라갔다. 그런데 눈 쌓인 길을 밟고 올라갈 때마다 체력이 급격하게 떨어졌다. 하얀 땅을 밟을 때마다 푹푹 꺼지는 눈처럼, 내 자신감도 바닥으로 내려앉는 게 느껴졌다. 내가 정상에 무사히 올라갈 수 있을까, 하는 생각이 불쑥 들었다.

그때는 연속 혈당 측정기도 없던 시절이라 나는 혈당을 실시간으로 확인할 수도 없었다. 또 장갑을 벗으면 손이 시려워서 혈당 체크도 하기 힘들었다. 믿을 것은 오로지 내 감각뿐이었다. 저혈당 증상이 느껴지면 주스를 벌컥벌컥 마시면서 그 상황을 모면할 수밖에 없었다. 그러다 나는 죽겠다 싶어 사탕 몇 개를 계속 입에 물고 다니기도 했다. 혀가 당에 절여져 얼얼할 지경이었다. 집에 있으면 편했을 텐데 왜 이렇게 사서 고생하나, 하고 속으로 투덜거렸다. 게다가 저세상 구경하는 거 아닌가 하는 불안과 걱정 때문에 심장이 요동치기도 했다.

그렇게 이 악물고 꾸역꾸역 올라가다가 산 중턱에 어느덧 도착해서 점심으로 컵라면을 먹었다. 뜨끈한 라면 국물이 등산으로 지쳐 있던 나를 다독여줬다. 김이 나는 면을 후후 불면서 그곳의 멋진 풍경을 반찬 삼아 먹었던 그 맛을 지금도 잊을 수가 없다. 잠시 라면의 온기에 위로받은 우리는 얼마 남지 않은 정상으로 다시 발걸음을 옮겼다.

그렇게 얼마나 흘렀을까. 정상에 도착해서야 나는 안도가 담긴 깊은숨을 몰아쉴 수 있었다. 차가웠지만 그곳의 공기에서 달콤한 향기가 났다. 이 향기가 산을 타고 올라오면서 얼어 있던 내 마음을 어루만져줬다. 화창한 날씨도 우리를 환영해주고 있었다. 날씨가 변덕을 부려 백록담 구경을 제대로 하는 게 힘들다고 들었는데, 태양신도 우리에게 미소 짓는 듯했다. 그 덕분에 우리 모두 하얗게 눈이 쌓인 백록담을 또렷하게 볼 수 있었다. 그것을 바라보던 나는 생각했다. 이 정도 풍경을 보려면 잠깐의 고난쯤은 당연히 해야 하는 투자라고. 몸뚱이 하나 보호하려다 자연의 아름다움을 놓쳤다면 내 삶의 변화도 늦었을 것이다.

우여곡절이 많았지만, 이때 알게 됐다. 몸을 끔찍이 여기다가 오히려 몸만 사리다 죽을 수도 있겠다고. 그렇게 시간이 흘러 학교를 졸업한 뒤에, 나는 몸을 적당히 사리면서 이전보다 도전하는 삶을 탐내기 시작했다.

실행력도 곧 능력이라는 말이 있듯이, 나는 생각만 해봤던 일들을 하나씩 실행에 옮겨봤다. 일종의 실험이었다. 소극적이었던 과거에서 얼마나 벗어날 수 있는지 궁금했기 때문이다. 우선 내 체력의 한계가 어디까지인지 알고 싶었다. 나는 그 한계를 약국 근무를 통해 알아보려 했다. 약국 근무도 결국엔 체력전이기 때문이다. 그래서 나는 오전 아홉 시에 출근해서 밤 열 시 삼십 분에 퇴근하는 일상을 지내봤다. 물론 주말엔 쉬었지만, 평일엔 열심히 일만 했다. 오래 서서 근무하다 보니 등과 허리가 욱신거리고, 두 다리에 모래주머니를 찬 것 같이 무겁게 느껴졌다. 이 모든 것이 전에는 느껴보지 못했던 거였다. 그래도 다행인 건 점점 그 무게감과 통증에 익숙해졌다. 하지만 단 하나는 익숙해지기 어려웠다. 눈꺼풀과의 싸움이었다. 밤 아홉 시가 넘어가면 떨어진 긴장 탓인지 나는 잠결에 근무하곤 했다. 환자분께 약을 건네면서 "안녕히 주무세요"라고 말할 뻔한 적도 있다.

그렇게 나는 육 개월 동안 태어나 처음으로 가장 긴 근무 시간을 달성했다. 이 경험 덕분에 다른 건강한 남성처럼 일할 수 있는 체력이 내게도 있음을 알 수 있었다. 이때부터였다. 내가 몸으로 하는 것을 피하기보단 즐기기 시작했을 때가. 나는 다른 사람이 된 것처럼 여러 가지에 도전했다.

무슨 바람이 불었는지 나는 새벽잠도 설쳐가면서 수련 시간을 백 시간이나 채워 요가 지도자 자격증도 받아 보고, 살기 위해 달리기를 시작했다가 십 킬로미터 마라톤에 참여하면서 목에 메달도 걸어 봤으며, 깡말랐던 몸에 근육을 붙이려고 육 개월간 훈련하며 보디 프로필 촬영도 했다. 숱한 과정을 거쳐서 얻은 그 결과물을 바라볼 때면 미소가 지어질 때가 많다. 항상 움츠러들었던 어깨와 가슴도 조금씩 펴지는 듯했고, 나도 할 수 있다는 자신감을 얻을 수 있었다. 이제라도 알아서 다행이다. 내게도 공격수 자질이 있다는 것을.

대단하지 않아도 무엇이든 쌓다 보면 내 삶의 밑바닥이 더 단단해진다고 생각한다. 게다가 그 위로 차곡차곡 쌓아 올린 시간 속에서 더 단단해질 수 있다. 앞으로도 나는 어떤 공격 방식이 내게 맞을지 계속 연구해볼 생각이다. 주저앉아 있을 시간에 어떤 공격 포인트를 하나라도 더 올릴지 생각하다 보면 뭐라도 남지 않을까. 아마도 이 연구와 실험은 숨이 다하는 그날까지 이어질 것이다. 한 가지 바람이 있다면 그 과정을 충분히 즐길 수 있기를 바랄 뿐이다.

부모님과 시간을 건너다

아버지와 단둘이 저녁에 뜨끈한 국밥 한 그릇을 먹던 날이었다. 우리 테이블에는 말소리보다 국물을 후루룩 넘기는 소리가 더 크게 들릴 정도로 침묵이 흘렀다. 경상도에서 나고 자랐던 아버지와 나는 평상시에 대화가 거의 없던 사이였기에 우리에겐 익숙한 풍경이다. 그러다 내가 먼저 운을 뗐다.

"아버지. 이번에 잡지사에 제가 글 한 편 실었는데 보셨어요?"

글을 쓴 지 얼마 되지 않았을 때, 어느 잡지사에서 내게 글 한 편 실어 보지 않겠느냐는 제안을 했다. 꿈이나 생시냐 하며 좋아서 어쩔 줄 몰라 했던 나는 일상을 담은 이야기를 그 책에 실었다. 물론 1형 당뇨에 관한 이야기였다. 아버지는 내 글을 본 눈치였다. 그 순간, 나는 상장을 받은 초등학생처럼 부푼 마음으로 기다렸다. 아버지의 칭찬을. 평소 칭찬에 인색했던 분이기에 더 그랬을 것이다. 그런데 내 예상과는 다르게 상황이 흘러갔다.

"글 쓴다고 하더니 그런 글을 적었드나. 그걸 보는 부모 마음은 어떻겠노."

아버지는 숟가락을 내려놓은 채, 눈시울이 붉어진 상태로 내게 말했다. 그 순간, 내게는 서운함이 밀물처럼 밀려왔다. 내 이야기를 세상에 공개할 만큼 아픔을 글로 치유했다는 사실에 공감받을 줄 알았는데, 당신은 아프고 기억하고 싶지 않은 과거라고 치부하는 것 같아서 속상했다. 그 순간에는 깨닫지 못했다. 아버지의 붉어진 눈시울은 실망이 아니라, 오랜 걱정과 미안함이 뒤섞인 표현이었다는 것을. 당신은 자식이 그 아픔을 겪은 것에 대해서 자책하고 있다는 것을. 하지만 그 순간의 나는 내 감정에만 몰입했기에, 아버지의 복잡한 심경을 헤아릴 여유가 없었다. 그렇게 내 안에서 끓어오르는 감정을 부여잡고 식어 버린 국밥을 다 먹은 뒤 우리는 그 자리에서 일어났다. 그렇게 이날 느꼈던 서운한 감정이 점점 옅어질 때쯤 나는 문득 생각했다. 내가 힘들었던 것보다 어쩌면 부모님은 가족으로서 더 많이 힘들었겠다고.

아홉 살에 내 삶이 달라졌을 때, 부모님은 나를 또래 아이들처럼 바라보기 힘들었을 것이다. 이것저것 조심해야 하는 것투성이고, 신경 써야 할 부분도 많았기에 아마도 나를 온전한 인격체로 바라보는 게 어려웠을 거다. 살면서 선택의 갈림길에 섰을 때, 아버지와 의논했던 나는 종종 이런 말을 들었다. 내 몸이 아프니까 그걸 고려해서 선택하라고. 나는 여기서 '아프니까'라는 이 네 글자가 항상 마음에 들지 않았다. 어릴 때는 나도 잘 몰랐다. 아마도 내가 자신을 환자라고 인식했던 것도 부모님의 영향이 없지는 않았을 것이다. 그런데 성인이 된 이후로 내가 이 말을 들었을 때는 내 안에서 점점 반발심이 생기기 시작했다. 그래서 아프다는 표현을 들을 때마다 나는 아버지에게 단호하게 말했다. 아픈 게 아니라 불편할 뿐이라고. 멀쩡히 잘 살아 있는 자식을 환자 취급하지 말라고. 나는 아버지의 걱정을 단칼에 잘라 버렸다. 당신의 마음은 충분히 이해하지만, 그렇게 나를 바라보는 부모님의 시선이 달갑지 않았다. 아프다는 말을 들을 때마다 나는 다시 아홉 살의 무력한 아이로 돌아가는 것 같았기 때문이다.

그래서 나는 부모님의 걱정에 반하는 선택을 하며 앞으로 나아갔다. 어쩌면 나도 남들과 다르지 않다는 것을 부모님에게 보여주려고 했는지도 모른다. 축구에서 명망 높은 감독들이 선수의 감정을 건드려서 전투력을 높인다고 하던데, 부모님이 그런 고도의 심리전을 펼친 거였다면 결과적으로는 대성공이었다. 자식을 걱정하는 게 부모의 의무라는 말이 있듯이, 어쩌면 나는 부모님에게 커다란 걱정거리를 더 안겨주었을지도 모른다. 그래도 다행으로 부모님은 내 뜻을 항상 존중해줬다. 걱정은 되지만 죽이 되든 밥이 되든 일단 해보려고 하는 자식을 지지해주었던 것은 참 감사한 일이다.

내가 1형 당뇨와 함께하는 동안, 부모님의 삶도 그만큼 달라졌을 것이다. 나는 앞으로 감당해야 할 현실에만 몰두했던 나머지 주위를 둘러볼 여유가 없었다. 지금 돌이켜보면 나는 참 이기적인 사람이었다. 내 아픔에만 집중한 채, 그 아픔을 함께 겪어야 했던 가족들의 고통은 외면했다. 아마도 부모님은 나와는 다른 아픔을 느꼈을지도 모른다. 자식의 아픔을 대신 겪어 줄 수도 없고, 치료해줄 수도 없는 상황에서 그저 옆에서 지켜볼 수밖에 없었던 시간 때문에 무력감을 느끼거나, 내가 주삿바늘을 찌르며 느꼈던 물리적 고통보다 부모님이 느꼈을 심리적 고통이 더 깊고 오래 지속됐을 거라는 생각이 들었다. 당신들도 분명히 힘들고 주저앉고 싶을 때가 많았을 텐데 지금에서야 어떻게 그 시기를 보냈는지 궁금했다.

하지만 나는 물어볼 수가 없었다. 나도 오랜 기간을 아파하다가 글쓰기를 통해 서서히 그 아픔을 치유했기에, 부모님에게 남아 있는 몇십 년의 상처와 고통에 관해 이야기한다는 것은 어려운 일이었다. 그것은 마치 오래된 상처 위에 덧나지 않도록 조심스럽게 형성된 딱지를 다시 뜯어내는 일 같았다. 나는 부모님께 그 고통을 상기시키고 싶지 않았다. 더 정확하게 말하자면 그들의 고통을 마주할 용기가 없었다. 그 고통을 제공한 사람이 바로 나였기 때문이다. 내가 건강하게 태어났더라면 부모님이 겪지 않아도 될 고통이었다는 사실을 인정하는 것이 두려웠다.

그래서였을까. 우리 가족은 일상적인 대화를 하거나 서로 속내를 터놓고 대화를 잘 하지 않는다. 각자 묵묵히 할 일에 집중하면서 서로를 배려하는 공동체처럼 지낸다.

집에 세 가족이 있어도 누가 있는지도 모르게 참으로 조용하다. 가끔 밖에서 밥을 먹을 때도 테이블에서 말보다 음식 먹는 소리가 그곳을 메울 때가 더 많다.

가끔 나는 우리가 같은 공기를 마시고 있지만, 어쩌면 다른 세계에 살고 있는 건 아닐까 생각했다. 세상에 수많은 가족 중에서 우리 가족은 이렇게나마 형태를 잘 유지하고 있다는 게 신기하기도 했다. 어쩌면 이 침묵이 우리 가족만의 언어인지도 모른다. 서로에게 상처 주지 않기 위해, 각자의 고통을 건드리지 않기 위해 선택한 안전한 거리라는 생각도 들었다. 하지만 최근에는 이런 생각도 스쳤다. 이 침묵이 정말 서로를 위한 배려였을까, 아니면 서로를 대면하기 두려워 만든 도피처였을까. 진정한 치유는 아픔을 드러내고 나누는 데서 시작되는 것인데, 우리는 각자의 아픔을 꼭꼭 숨긴 채 평온한 척 연기하며 살아온 건 아닐까. 그래도 이렇게라도 잘 살고 있다면 나는 그것만으로 괜찮다고 생각한다.

돌이켜보면 부모님이 나를 아픈 사람으로 여긴 것은 당연했다. 가까이서 내가 오랫동안 아파했던 모습을 지켜봤기에 나를 보면 아픈 생각이 가장 먼저 떠올랐을 것이다. 하지만 어린 시절 내가 부모님의 도움으로 잘 큰 것처럼, 요즘은 내가 잘 살아가는 모습을 보며 당신들도 과거의 아픔에서 점차 벗어나고 있다고 느낀다. 그리고 나는 이제야 깨닫는다. 부모님이 내 변화를 받아들이는 과정이 얼마나 용기 있는 일이었는지를. 수십 년간 자식을 걱정해야 할 존재로 바라보던 시선을 바꾼다는 것은, 어쩌면 당신의 정체성 일부를 내려놓는 일이기도 했을 것이다. 나를 보호하고 걱정하는 것이 부모의 역할이라고 믿었던 분들이, 이제는 한 걸음 물러서서 나를 독립된 존재로 인정하는 법을 배우고 있다고 생각한다. 이 책의 출판 계약을 했다는 소식을 아버지에게 말씀드렸더니 당신은 내게 대단하다는 말을 건넸다.

내가 나를 받아들인 것처럼 부모님도 여기에 맞춰서 변화한 게 아닐까, 하고 생각했다. 어쩌면 부모님도 나도 시간이 필요했던 게 아닐까. 과거를, 있는 그대로 바라볼 수 있는 시간을. 각자 자신을 용서할 수 있는 시간을. 그리고 우리 모두 잘못한 것이 아니라, 각자 최선을 다해 살아왔다는 것을 받아들일 시간을. 지금이라도 당신들이 환자의 부모가 아니라, 어딘가에서 잘 살고 있는 한 인격체의 부모라는 사실을 받아들였다는 것이 감사할 뿐이다.

혈당 관리하는 약사와 QNA 2

**평생 안고 가야 할 증상이 있고 약사이기도 한데,
어떤 것들을 느끼나요?**

약국에 방문하는 분들을 보면서 건강은 건강할 때 관리해야 한다는 걸 누구보다 잘 알게 됐어요. 허리를 꼿꼿하게 펴서 걷는 것도, 눈이 잘 보이는 것도, 정신이 또렷한 것도 모두 다 당연하지 않다는 것도요. 그래서 관리할 수 있는 부분은 최대한 신경 쓰는 게 좋다고 생각합니다. 환자와 가까운 분들께 꼭 드리고 싶은 말이 있어요. 환자는 때론 정답보다 위로와 공감이 필요해요. 정답은 우리 모두 잘 알고 있잖아요. 몸에 좋은 것은 가까이하고 안 좋은 건 피한다는 것을요. 하지만 유병 기간이 길어지면 마음이 힘들 때가 꼭 한 번씩 찾아오기 마련입니다. 이때 누군가 괜찮아질 거라고, 잘하고 있다고, 한마디만 해줘도 환자 마음이 한결 가벼워질 때가 많았어요. 제가 경험해봐서 잘 알거든요. 저도 누군가가 짊어지고 있는 짐을 조금 덜어주기도 하고, 누군가가 제 마음을 어루만져주기도 했거든요. 그래서 가끔은 정답보다는 본인이 정말 듣고 싶은 말을 해주는 게 약사의 도리 중 하나라 생각합니다. 사람과 사람 사이에서 이루어지는 일이잖아요.

약을 계속 먹는 게 힘들어요. 수치가 괜찮은데 계속 먹어야 하나요?

이 질문은 특히 만성 질환 때문에 약을 먹는 분들이 많이 하는 질문입니다. 약 먹는 게 힘들다는 거 저도 잘 압니다. 저도 매일 인슐린 맞는 게 쉽지는 않거든요. 물론 귀찮을 때도 많습니다. 이때 치료와 관리의 개념을 아신다면 도움이 될 거로 생각해요. 우리는 어디가 안 좋으면 말끔히 싹 나아서 치료가 되길 바라잖아요. 그런데 치료의 개념을 적용할 수 있는 질환이 생각보다 없습니다. 감기 같은 경증 질환만 치료된다고 정의할 수 있겠네요. 예컨대 오늘 고혈압 수치가 괜찮아도, 내일 하루 약 복용을 안 하면 수치가 또 올라갈 수 있습니다. 이처럼 고혈압 같은 만성 질환은 치료가 아니라 관리를 하는 것이기 때문이에요. 물론 생활 습관이나 식습관이 좋아져서 약 복용을 중단하는 때도 있습니다. 이 경우에는 환자 본인이 관리를 잘한 덕분에 약을 중단하는 것이니 다른 얘기지만요. 우리 몸은 치료의 대상이 아니라 관리의 대상이라는 것을 명심한다면, 앞으로 건강을 돌보는 데 고민이 줄어들 거로 생각합니다.

영양제, 건강 기능 식품을 꼭 챙겨 먹어야 할까요?

저는 반드시 챙겨 먹어야 한다고 생각하지 않습니다. 그래서 밥 잘 챙겨 먹고, 운동도 잘하고, 잘 자고, 배변 활동도 원활하다면 저는 안 먹어도 된다고 말씀드립니다. 차라리 영양제 살 돈으로 맛있는 거 먹는 게 낫다고 말씀드리죠. 건강 기능식품이나 영양제가 도움을 줄 뿐이지, 특출난 효과가 있는 게 아니거든요. 게다가 이런 제품도 본인 건강이 어느 정도 받쳐줘야 효과가 있습니다. 위장이 안 좋아서 무엇을 먹어도 흡수가 안 되는데, 제품을 섭취해봤자 무의미하거든요.

하지만 예외도 있습니다. 예를 들어 고혈압, 당뇨, 고지혈증 같이 만성 질환으로 약을 먹고 있는 분들은 제품을 고려해보는 게 좋을 수 있어요. 왜냐하면 만성 질환으로 복용하는 약이 간과 신장에서 대사되면서, 우리 몸에 필요한 비타민과 미네랄 그리고 각종 무기질을 소모하기 때문입니다. 이런 경우에는 제품을 고민해보면 도움이 될 수도 있습니다.

약사님은 특별히 챙겨 먹는 영양제가 있나요?

저는 미네랄 제품은 꼭 챙겨 먹고 있어요. 미네랄이 모든 신진대사에 참여하고 있기 때문에 기본에 충실한 것을 보충하고 있습니다. 특히 현대인은 마그네슘이 부족한 경우가 많아요. 특히 서구화된 식습관과 과도한 스트레스에 노출되거나 저처럼 소모성 질환이 있으면 마그네슘이 더 빠르게 소실됩니다. 눈꺼풀이 떨리면 마그네슘이 부족해서 그렇다는 말을 들어 보셨을 거예요. 실제로 눈 떨림 때문에 약국 방문하는 분들을 저는 많이 만납니다(물론 모든 눈 떨림이 마그네슘 부족으로 발생하는 건 아닙니다). 저는 기본에 충실한 마그네슘과 더불어 피크노제놀과 같이 혈관 염증을 막아 주는 항산화 기능이 우수한 제품도 가끔 복용합니다.

제 가족 중에 조금만 아파도 무조건 약부터 찾는 이가 있는데 어떻게 하면 좋을까요?

저는 아파서 병원을 안 가고 오히려 참는 것보다는 훨씬 낫다고 생각합니다. 그만큼 몸을 소중하게 생각한다는 뜻이잖아요. 제 경험상 가벼운 질환 때문에 병원과 약국에 자주 방문하시는 분들이 오래 사시는 경우를 많이 봤습니다. 아마도 이런 걸 두고 유병 장수라고 하는 것 같아요. 그래서 약에 너무 의존하는 것이 아니라면, 저는 전문가를 찾아가서 도움을 받는 게 더 현명한 선택이라고 생각합니다.

3

필요한 건, 문을 여는 용기

꿈꾸는 데에는 자격이 필요없다

어린 시절 빈칸이 여러 개 있는 설문지를 받았다. 그중 장래 희망을 적는 빈칸이 눈에 들어왔다. 누구나 알 만한 직업으로 그 칸을 메우는 게 그 시절 우리의 문화였다. 회사원, 과학자, 대통령, 의사, 선생님 같은 직업으로 그렇게 모두가 비슷한 꿈을 향해 달려가는 동안, 나는 다른 꿈을 꾸고 있었다. 정확하게는 다른 꿈을 꾸어야만 했다. 나는 평범하게 사는 사람을 꿈꿨다. 평범함의 기준은 사람마다 다를 것이다. 내가 정의한 평범함은 대중이 말하는 꿈과는 결이 달랐다. 돈 많이 벌어서 부자가 되기보다는, 하루 세 끼 잘 챙겨 먹으며 건강하게 살고, 나도 누군가와 축복받으며 예쁜 가정을 꾸리고 싶었다. 이게 내가 정의한 평범함이었다. 하지만 내가 바라는 것들이 나에게 허락될지는 항상 의문이었다. 의심만 가득했던 나는 장래 희망 칸에 결국 다른 사람들과 다를 것 없는 직업을 적어 냈다. 그 순간만큼은 내 꿈이 남들과 다르지 않기를 바랐다.

사만오천과 구만, 이 숫자는 내 삶을 단적으로 보여주는 숫자다. 모두 다 내 피부를 뚫는 동시에 삶을 관통했던 바늘 개수다. 앞에 숫자는 사용했던 인슐린 주삿바늘 개수고, 뒤에 숫자는 채혈침 개수다. 나는 매일 새로운 기록을 쓰는 중이다. 아마도 내 숨결이 끝나는 날에야 그 기록도 중단될 거다. 내가 이런 현실에 갇혀 있다 보니 여기서 벗어나는 것이 최종 목표가 되거나, 조금 더 욕심을 내면 남들만큼의 평범함이 꿈이 돼버렸다. 그래서 나는 바늘과 함께하는 일상에서 내가 무엇을 할 수 있을지 항상 고민했다. 그런데 한때는 늘 무겁게 느껴지던 이 고민이 어느 순간부터는 깃털처럼 가벼워졌다. 비록 그 순간에 닿기까지는 오래 걸렸지만.

운전해서 출근하던 어느 날이었다. 운전대를 잡고 가던 도중 뇌가 나에게 포도당이 부족하다는 신호를 보내는 게 느껴졌다. 이런 상황을 대비해 운전석 옆에 항상 꿀물이나 사탕을 놓아두었는데, 그날따라 그것들이 내 옆에 없었다. 그래서 나는 뒷자리에 놓아둔 가방으로 손을 뻗어야만 했다. 다행히 때마침 신호가 빨간불로 바뀌어서 가방을 잡을 수 있었다. 살아야 한다는 본능 때문에 가방에 집중한 탓이었을까. 약간 비탈진 언덕이라 브레이크를 잘 밟고 있어야 했는데, 순간 발에 힘이 풀렸는지 앞차 범퍼를 쿵! 하고 박아 버렸다. 이날은 이런 운명이었던 건지 늘 설정돼 있던 브레이크 잠금장치도 풀려 있는 상태였다. 태어나서 처음 겪는 사고였기에 나는 당황할 수밖에 없었다. 처음이기에 정신없이 허둥지둥댈 뿐이었다. 큰 사고는 아니었지만, 이런 상황을 만든 내가 모자라게 느껴졌다. 게다가 안전 운전하라는 부모님의 잔소리를 귓등으로 들었던 지난 과거도 참 부끄러웠다. 평소에 사고 없이 운전하는 게 운전을 잘하는 거라고 여겨왔던 나였건만, 그 순간에는 모자란 내 모습을 인정하기 싫었다.

출근길에 내가 겪었던 일처럼 췌장에서 인슐린 분비가 안 되는 것도 갑자기 마주한 사고다. 그 교통사고처럼 내게 닥친 1형 당뇨를 받아들이는 데 꽤 오래 걸렸다. 자신을 부정하고 살아가는 게 큰 의미가 없다고 생각할 정도였으니까. 다행히 꾸역꾸역 그 과정에서 살아남다 보니 어느샌가 익숙해져 있었다. 시간이 약이라는 옛말이 맞았다. 요즘은 그 말을 감사히 여기고 있다. 그리고 이 감사함은 나를 있는 그대로 받아들이려는 노력의 결과라 생각한다.

물론 자신을 그대로 받아들인다는 게 말처럼 쉬운 일은 아니다. 얼굴 생김새, 키, 목소리 같은 외적인 요소부터 연봉, 직업, 집안 환경 등 자신을 평가하는 잣대는 넘치게 많다. 특히 나는 내 단점과 부족한 부분에 더 집중할 때가 많다. 그런데 이 덫에 걸리면 그때부터는 불행과 함께 길을 걸어가야 한다. 게다가 못났다고 여기는 것도 순전히 주관적인 판단이기에, 이 판단 기준을 제대로 살펴볼 필요가 있다. 나는 내 삶 자체를 콤플렉스라 여겼다. 그런데 인슐린 주사를 맞다가 문득 생각했다. 나도 어떻게든 살아 보려고 아등바등 노력하고 있다고. 이와 더불어 이런 의지만 있다면 앞으로 못 할 게 없겠다고.

이런 변화 덕분이었을까. 어느 순간부터 손가락에 피를 내고, 인슐린 주사를 맞고, 일주일마다 연당기를 교체하는 모든 일이 내 삶을 단단하게 잡아 주는 요소처럼 느껴졌다. 이런 긍정 회로가 나를 숨 쉬게 해줬다. 몸은 그

대로지만 나를 바라보는 눈이 바뀌니까 내 세상도 점점 변하는 걸 느꼈다.

누구나 꿈을 꾼다. 그 크기와 모양은 다를지라도, 우리가 꿈꾸는 이유는 비슷하다. 그 꿈이 우리에게 살아갈 이유를 제공해주고, 더 나아가 희망을 주기 때문이다. 누군가에게 당연한 일상이 다른 이에게는 특별한 꿈일 수도 있다. 그저 평범함이라는 꿈을 원했던 나는 지금 누구보다 평범하게 잘 살고 있다. 꿈이 현실이 되면 또 다른 꿈을 꾸기 마련이다. 내 다음 꿈은 세상과 소통하는 것이다. 칠흑 같은 어둠에도 언젠가는 빛이 들 날이 온다는 걸 언젠가의 나와 닮은 누군가에게 말해주고 싶다. 그 밝음이 아주 서서히 내 몸에 스며들어 삶을 긍정할 수 있다고 말해주고 싶다. 그래서 두 발을 땅에 잘 붙이고 걷다 보면 언젠가는 그 꿈에 한 발짝 더 가까워질 수 있다는 걸 보여주고 싶다.

과거에 꿈꾸는 건 사치라고 말하는 이를 만난 적이 있다. 그는 꿈을 그리는 것도 아무에게나 주어지는 자격이 아니라고 덧붙였다. 이 말을 들었던 나는 이렇게 답했다. 현재 내 수준에 맞는 꿈을 꾸면 된다고. 그 꿈을 향해 나아가다 보면 조금 더 나아진 나를 마주하면서, 다른 꿈도

꿀 수 있다고. 타임머신이 있다면 일상이 도전이었던 그 시절 나에게 말해주고 싶다. 네가 바랐던 꿈을 이뤘으니 조금 더 웃으면서 살라고.

아홉 살,
다시 태어나다

예전에 봤던 애니메이션에서 등장인물이 아주 멋지게 한 대사가 있다. "있을 수 없는 일은 있을 수 없다." 이 대사는 심한 독감을 앓기 전 맞는 백신처럼 내 영혼의 항체가 되어 줬다. 그런데 이 항체가 내 몸에 생긴 지는 얼마 되지 않았다. 그전에는 살면서 맞이하는 변화에 대한 면역력이 너무나도 약했다. 거의 삼십 년에 가까운 시간을 경험했지만, 익숙해질 만하면 어느새 낯설어지는 몸의 변화를 감당하기가 쉽지 않았다. 1형 당뇨인으로 산다는 게 그렇다.

살면서 마주한 변곡점 중에서 가장 기억에 남는 때는 아홉 살이 된 1999년 봄이다. 학교에서 노느라 바빴던 나는 집에만 오면 피곤해서 곧바로 잠에 들곤 했다. 그리고 자다 깨서는 배고픔을 주체하지 못해 이것저것 먹었다. 애가 먹으면 얼마나 먹겠느냐고 생각할 수도 있지만 그 시절 나는 식탐이 정말 많았다. 식사는 애피타이저처럼 금세 먹어 치우고, 과자와 과일을 주식처럼 먹을 정도였다. 물과 탄산음료도 끝없이 마셔댔다. 그래서 소변을 보기 위해 화장실을 들락거리기 일쑤였다. 한동안 나를 지켜보던 어머니는 뭔가 이상하다는 낌새를 느꼈던 것 같다. 그래서 엄마와 나는 두 손을 꼭 잡고 집 근처 내과로 향했다.

지금도 그렇지만 나에게 병원은 언제나 긴장감을 주는 곳이었다. 그 당시 병원은 찬 공기와 소독약 냄새로 나를 더 움츠러들게 했다. 어릴 때부터 잔병치레가 잦아서 병원에 자주 갔지만, 그 환경에 익숙해지는 건 어려웠다. 그렇게 나는 이번에도 별일 없을 거로 생각하며 어머니 옆에 껌딱지처럼 붙어 있었다. 그러다 나는 태어나 처음으로 소변과 혈액 검사를 받고 결과를 기다렸다. 곧이어 내 이름이 불렸고, 어머니와 나는 원장실로 발걸음을 옮겼다. 의사는 미간을 찌푸린 채 심각한 표정을 짓고 있었다.

당시에 나는 어렸지만, 상황이 심상치 않다는 것을 본능적으로 느꼈다. 어머니와 나, 이렇게 네 개의 눈이 검사 결과를 말하는 의사 입술을 뚫어져라 쳐다봤다. 그 결과를 듣기까지의 몇 초가 몇 년처럼 길게 느껴졌다. 두 손을 꼭 잡고 있던 우리에게 의사는 다음과 같이 말했다.

"아드님이 소아 당뇨입니다."

갑자기 어머니는 내 머리를 부둥켜안았다. 그리고 병원이 떠나갈 듯이 하염없이 눈물을 흘렸다. 기쁨과 슬픔은 전염된다고 했던가. 당신의 눈물이 내 눈까지 흘러넘쳤다. 아무것도 모르는 아이일지라도 충분히 알 수 있었다. 내게 무슨 일이 생겼다는 것을. 비록 내 삶이 끝나는 순간은 아니었지만, 자식을 품에 안은 어머니의 마음은 시한부 선고를 받은 사람처럼 아팠을 것이다. 이때 병원에서 측정했던 내 혈당 수치는 HI였다. 임상적으로 HI는 혈당이 500mg/dL 이상일 때 관찰되는 수치로, 혈당이 너무 높아서 측정이 불가하다는 뜻이다. 그래서 나에게 인슐린 투여가 시급했다. 의사는 나에게 인슐린을 서둘러 투여한 뒤 앞으로 해야 할 일을 하나씩 설명해줬다. 그 설명은 어머니와 내가 도저히 받아들일 수 없는 내용이었다. 덧셈과 뺄셈만 할 줄 아는 어린아이가 미적분 수업을 받는 느낌이랄까. 이처럼 어머니와 나는 맨몸으로 전혀 다른 세상을 맞이할 준비를 해야만 했다. 의사가 우리에게 알려줬던 내용 대부분은 학교 급식 식단을 짜는 영양사가 참고할 법한 내용이었다. 그 핵심은 삼대 영양소가 골고루 갖춰진 식단을 먹자는 아주 건강한 조언이었다. 여기에 인슐린 주사 이야기도 덧붙여졌다.

병원에서 알려주는 정보는 대개 이상적인 경우가 많다. 누구나 한 번쯤은 이상과 현실의 차이에서 괴리감을 느껴본 적이 있을 것이다. 아무것도 모르는 상태에서 이상적으로 추구해야 할 내용을 들으면 그게 가능하느냐는 생각이 든다. 특히 일상을 송두리째 바꿔야 할 때에는 더더욱 그렇다. 하지만, 이 세상 어머니는 위대하다고 했던가. 내 옆에 있던 어머니는 단단히 마음먹고 하나씩 알아가려고 노력했다.

집으로 돌아온 뒤 어머니는 내 운명을 바꿀 이야기를 아버지에게 전할 준비를 했다. 마침내 퇴근하고 돌아온 그에게 최대한 담담하게 그 내용을 설명했다. 평소 감정 표현이 서툴렀던 아버지도 갑작스러운 현실 앞에 당황한 듯 보였다. 그렇지만 당신은 내게 괜찮을 거라며 따뜻하게 격려해줬다. 아버지의 격려 덕분이었을까. 그날 내 마음을 뒤흔들었던 혼란스러운 감정이 조금은 가라앉는 걸 느꼈다. 돌이켜보면 나를 누구보다 사랑해준 두 분 덕분에, 그 시절 내가 희망을 품고 내일을 꿈꿀 수 있었다.

다음 날 아침, 우리 세 가족은 다시 그 병원으로 향했다. 의사는 앞으로 우리가 해야 할 내용을 한 번 더 자세하게 알려줬다. 내가 가장 먼저 익숙해져야 했던 것은 바늘이었다. 그것도 주삿바늘과 채혈침 같은 생각만 해도 몸이 움찔하는 것들이었다. 이때부터 매일 아침 반드시 해야 하는 루틴이 생겼다. 아침마다 나는 채혈침으로 혈당을 측정하고, 인슐린 주사를 놓아야 했다. 이 새로운 삶에 내가 적응할 때까지 부모님은 천천히 나와 함께 호흡해줬다. 모든 것이 낯설고 어렵게 느껴졌지만, 부모님 덕분에 아홉 살이었던 나는 다시 태어날 준비를 할 수 있었다.

어쩌다 보니 아홉 살에 새로운 길을 걸어야만 했던 내가, 지금은 살아남아서 걸어왔던 이야기를 세상에 고백하고 있다. 정말 있을 수 없는 일은 있을 수 없나보다. 나는 1형 당뇨와 함께한 이후로, 몸에 밴 생각과 경험이 내 삶을 바로 잡아줬다. 예전에 나는 엎어지거나 돌아가서 늦어지는 것을 두려워했다. 그런데 내가 추구하는 방향으로

만 제대로 가다 보니 언젠가는 목적지에 도착해 있었다. 가까이에서 보면 점이었던 선택들도 이어가다 보면 단단한 선이 되고, 삶을 이룬다. 매 순간 최선을 다해 점을 찍으려는 노력이 결국 나에게 선물이 되지 않을까.

아홉 살에 다시 태어나야만 했던 그 순간이 내 삶을 바꾼 첫 출발점이었다. 그 후로 나는 지금까지 수많은 변곡점을 지나며, 그 순간마다 최선을 다하려고 노력한다. 처음 인슐린 주사기를 손에 쥐고 느꼈던 긴장과 떨림도 어느새 오늘을 잘살아 보자는 다짐으로 바뀌었다. 아홉 살의 나는 생존을 위해 버텼지만, 지금의 나는 그 버팀 속에서 삶의 의미를 배우고 있다.

완벽할 수는 없지만, 불완전한 삶 속에서도 매 순간 내가 선택한 방향으로 나아가고 있다는 사실이 나를 살아 있게 한다. 중요한 것은 완벽하지 않아도 계속 걸어갈 용기 아닐까.

불안이 지탱해준 세계

나는 종종 이런 생각을 했다. 언어가 인간의 세계관을 넓혀주듯이, 혀가 느끼는 맛 또한 세계관에 영향을 미친다고. 그래서 다양한 맛을 경험해본 사람일수록 그만큼 더 풍성한 삶을 살 거라고. 그런 의미에서 다이어트는 다양한 세계와 거리를 두는, 자유를 포기하는 행위에 가깝다. 먹는 데에 제한을 두는 과정에서 여러 가지 경험도 함께 포기해야 할 수도 있다. 어린 시절 나는 여러 가지 맛을 느끼면서 세계관을 넓혀보기도 전에, 아는 맛을 멀리하는 연습부터 해야만 했다. 즉, 본능을 거스르는 것에 익숙해져야만 했다. 그래서 그 시절 나는 식욕과 매일 겨루기하며 긴장감 넘치는 날들을 보냈다.

1형 당뇨와 함께하게 되면서 우리 가족은 집에서 먹는 것부터 바꿔야 했다. 식단 관리라는 이 친구와 하루빨리 진해져야만 했다. 이 기간에 어머니는 식품별 칼로리 계산법과 영양소에 대한 자료를 밤낮으로 공부하기에 바빴다. 그렇게 당신은 하나밖에 없는 자식을 위해 맞춤 영양사가 되는 것에만 몰두했다. 우리 가족은 한 번도 경험해 보지 못한 세계에 빨리 적응하기 위해 애를 썼다. 걱정과 불안이 꿈틀대는 세계라 할지라도, 우리는 그곳에 녹아들어야만 했다.

어머니는 나를 위해 매끼 건강한 식단을 정성스럽게 준비해줬다. 다행히 나는 식단 관리 초반에는 착한 식단을 맛있게 먹는 순한 아이로 한동안 잘 지냈다. 그런데 사실은 그동안 단짠단짠과 매콤함에 젖어 버렸던 혀가 너무나도 건강한 맛에 어안이 벙벙해질 지경이었다. 입원 때문에 병원 밥을 먹어 본 사람은 알 것이다. 병원 식단도 삼대 영양소가 골고루 갖춰진, 혀보다 몸을 즐겁게 하는 음식이기에 그것을 대하는 환자의 마음은 즐겁지만은 않다.

입원 환자는 퇴원이라는 끝이라도 있지만, 나는 기약

없이 식욕을 관리해야만 했다. 이 사실이 점점 더 암담하게 느껴졌다. 사람은 기름만 넣으면 굴러가는 자동차가 아니기에, 내 머릿속은 다른 맛에 대한 욕망으로 가득 차기 시작했다.

착한 식단에 싫증을 느낄 무렵, 나는 부모님 몰래 일탈을 꿈꿨다. 초등학생 때 주말이면 친구 생일 파티에 초대받는 일이 있었다. 이런 파티는 나에게 오아시스 그 자체였다. 그 시절 나는 억눌려 있던 욕구를 달래기 위해 파티에 종종 참여했다. 케이크, 치킨, 피자, 과자 등 평소에 잘 보지 못했던 것들이 내 눈 앞에 펼쳐졌다. 물 만난 물고기처럼 좋아하는 음식을 마주했던 나는 이들을 두 눈으로 보는 것만으로도 황홀했다. 집에서는 못 보는 녀석들이기에 더 반가웠으며 이보다 더 행복할 순 없었다. 하지만 나는 그들에게 영혼까지는 빼앗기지 않으려고 정신 줄을 꽉 붙잡아야만 했다. 다행인지 불행인지는 모르겠지만, 이 순간 나를 도와준 것은 두려움이었다. 내 마음속에는 항상 두려움이 있었다. 당뇨 합병증에 대한 불안감에서 비롯된 것이었다. 나는 당뇨에 대해 알아갈 것이 많았지만, 합병증의 무서움에 대해서 가장 먼저 배웠다. 혈당 관리가 안 되면 두 눈이 실명된다거나, 다리나 발을 절단할 수 있다는 걸 가장 먼저 알았다. TV나 다른 매체에서 접했던 이야기가 내 현재와 미래가 될 수 있다는 사실은 공포 그 자체였다. 이 무서움이 나를 집어삼키기도 했다. 나는 그 감정을 애써 외면했다. 그렇게 내 안에서는 먹고 싶다는 욕망과 합병증에 대한 두려움, 이 두 가지가 항상 대립했다. 그래서 그 시절 나는 계속된 혼란으로 인해 점점 지쳐갔다.

그 당시 내가 종교를 가졌더라면 신의 구원을 받았을까. 누구나 신으로부터 구원받을 수 있다고 하지만, 때때로 폭식했던 나는 항상 죄책감에 시달리곤 했다. 그 시절 나에게 신은 하나님이나 부처님이 아니었다. 혈당 측정기였다. 밖에서 몰래 무엇을 먹고 집에 들어간 날이면, 나의 피를 보고 차가운 기계가 응답해줬다. 그 대답에 따라 죄책감의 정도가 다르게 느껴졌다. 긴장된 상태로 맞이했던 혈당 수치가 생각보다 괜찮으면, 이 정도는 먹어도 된다고 하며 안심했다. 하지만 생각보다 높은 수치를 맞이했을 때는, 내가 합병증에 한걸음 더 다가갔구나! 하며 자책하기 일쑤였다. 물론 부모님이 혈당 수치로 스트레스를 주지는 않았다. 그보다 식욕을 다스리지 못한 자신을 내가 채찍질한 것뿐이었다. 그렇게 나는 제한된 삶에서 살다가 생각했다. 폭식 때문에 느끼는 죄책감과 합병증 불안감 중에서 어느 쪽이 더 견딜 만한지를. 참아 왔던 식욕을 해소하면 그 순간은 짜릿할 수 있다. 하지만 그 이후에 몰려오는 죄책감과 불안을 감당하기 어려웠다. 이게 다행인지는 모르지만 나는 항상 불안과 함께라서 그것이 없어지면 오히려 어색할 거라 여겼다.

죄책감보다는 불안을 친구 삼아 사는 게 덜 괴롭다고 생각했다. 그렇게 나는 식탐의 쾌락을 추구하기보다는, 불안을 발판 삼아 도덕적 성장을 꿈꾸는 길을 택했다. 단지, 억눌려 있던 욕망 때문에 잘못된 길로만 빠지지 않으면 그저 감사할 뿐이었다. 그 덕분에 나는 식욕으로 인한 큰 일탈은 막을 수 있었다.

어린 시절 내가 바란 건 딱 하루만이라도 마음 편히 먹는 것이었다. 그래서 가장 기본적인 생리적 욕구만을 탐하다 보니, 내게는 그 너머를 바라볼 여유도 없었다.

한 이론에서 인간의 욕구를 다섯 단계로 구분해 피라미드 형태로 나타낸다. 그리고 이 욕구는 계단을 오르듯 단계적으로 충족해나가는 것이 이상적이라고 한다. 세상 모든 일을 계단식으로 하나씩 밟고 올라가는 게 이상적이지만, 나는 생리적 욕구라는 계단을 건너뛰어야만 했다.

부자연스러워도 끼워 맞추며 나아가고, 비틀거리더라도 중심을 바로 잡아야만 했다. 내 시간을 그런 불안정 속에서 쌓아 올렸지만, 지금은 똑바로 서서 당당하게 걸어가고 있다. 끊임없이 변하는 일상에서 바로 서는 연습을 숱하게 해온 덕분이라 생각한다. 흔들림은 내게 균형을 만들어 주었고, 결핍은 내가 더 단단해질 기회를 제공해줬다. 하지만 이런 경험이 내 몸에 지혜로 기록될 때까지는 많은 시간이 소요됐다. 그 과정에서 겪었던 여러 시행착오가 뒤에 더 이어진다.

사라진 바늘 도둑

어린 시절, 부모님은 내게 용돈을 주지 않았다. 내가 함부로 군것질하는 것을 막으려는 계획이었다. 하지만 나에게는 명절에 받은 뭉칫돈이 있어서 마음만 먹으면 혼자 회포를 풀 수도 있었다. 그래도 꾹 참았다. 좋아하는 과자 봉지를 봐도 못 본 체하며 슈퍼마켓 앞을 지나치는 게 일상이었다. 시간이 지날수록 편의점과 마트가 멀어진 친구처럼 점점 어색하게 느껴졌다. 더 나아가 내게 금지된 물건을 바라볼 때면 마음도 점점 허전해졌다. 그런 나에게 어색한 친구 같은 슈퍼마켓과 잊지 못할 추억이 있다.

어느 날, 집 앞 슈퍼마켓에 설치된 오락기로 나는 친구들과 게임했다. 먹거리 천국 근처에 있다 보니 군것질 유혹이 넘쳐 흘렸다. 나를 제외한 소년들은 그 유혹을 마다할 이유가 없었다. 게임하던 도중 자신들이 좋아하는 과자를 하나씩 집어 오곤 했다. 그냥 지켜만 볼 수는 없었기에, 나도 쭈뼛쭈뼛하며 자그마한 것을 하나 선택했다. 영국의 전설적인 그룹과 이름이 같은 새콤달콤한 젤리였다. 나는 친구들과 어울리는 동안 심심하지 않을 정도로 조금만 먹으려고 했다. 그렇게 몇 개를 잘근잘근 씹고 있는데 어디선가 매서운 눈초리가 느껴졌다. 내가 그곳으로 고개를 돌린 그때, 어머니와 두 눈이 마주쳤다. 어머니가 눈에서 레이저를 쏠 기세로 나에게 다가왔다. 내 심장은 너무 쿵쾅거린 나머지 튀어나올 것만 같았다. 평상시엔 건조하던 손에서 축축한 땀도 나기 시작했다. 그렇게 나는 현장에서 검거된 범죄자처럼, 수갑 같은 어머님의 손에 이끌려 곧장 집으로 향했다.

어머니는 나를 진실의 방으로 데려간 뒤, 다음과 같은 질문을 쏟아냈다. "그동안 밖에서 군것질을 자주 했니", "반복되면 몸에 안 좋은데 몰라서 그랬니"와 같이 걱정과 분노, 그 사이 어딘가의 감정이 섞인 것들이었다. 나는 내 마음도 추스르지 못한 상황이었기에 뭐라고 대답할 수가 없었다. 꿀 먹은 벙어리처럼 아무 말도 못 하는 내가 답답했는지, 어머니는 범행 흔적을 냉장고 문에 떡하니 전시해두었다. 그것을 보고 반성하라는 의미였다. 그 순간 감정이 북받쳐 올랐다. 조금만 먹을 생각으로 샀던 건데 반성씩이나 해야 하는 상황이 억울했다. 엎친 데 덮친 격으로 비상금까지 빼앗기고 말았다. 이 사건 때문에 내 안에서는 점점 반항심이 꿈틀댔다. 그래서였을까. 나는 넘지 말아야 할 선을 넘어 버렸다.

어머니의 꾸지람을 들은 후, 내 안에서는 금지된 물건에 대한 욕구가 더 샘솟았다. 나는 먹이를 찾아 어슬렁거리는 하이에나처럼 집 앞 슈퍼마켓에 들어갔다. 눈이라도 호강하자는 생각에 곳곳을 빠르게 스캔했다. 그 순간, 내 귓가에 대고 누군가 속삭이는 것 같았다. 하나 집어 가도 모를 테니 골라봐. 나는 무언가에 홀린 듯 초콜릿 과자 하나를 집어 들었다. 곧이어 주머니 속에 그것을 넣은 후 유유히 슈퍼를 빠져나갔다. 나는 곧장 근처 놀이터로 달려가 물건을 뜯어서 입안에 넣기에 바빴다. 한입 깨무는 순간, 달콤한 초콜릿 향이 입안에 고루 퍼지니 황홀하기만 했다. 그 맛은 심장이 벌렁거리는 스릴과 함께해서 그런지 더 꿀맛처럼 느껴졌다. 여기까지만 했다면 좋았을 텐데 내 무모함은 여기서 그치지 않았다. 나는 며칠 뒤 같은 곳에서 동일한 수법으로 작업을 시도했다. 두 번째도 성공한 것처럼 보였다. 그런데 범인은 범죄 현장에 다시 나타난다고 했던가. 나는 그곳에서 혼자만의 파티를 즐기려 했다. 그런데 물건을 뜯는 그 순간, 인기척이 느껴졌다. 슈퍼마켓 사장님이었다. 그는 지난번에도 내가 훔쳐 간 것을 이미 알고 있었다. 슈퍼마켓은 어머니가 종종 방문하던 곳이라, 사장님은 이 사실을 알려야겠다고 했다. 나는 다시는 그러지 않겠다고 눈물을 흘리며 빌고 또 빌었다. 하지만 사장님은 바늘 도둑이 소도둑 된다며 내게 단호하게 말하고는 그 자리에서 사라졌다.

범행이 발각된 이후 나는 매일 밤을 지새웠다. 머릿속에 온갖 걱정으로 가득 차서 잠을 청할 여유도 없었다. 그중에서도 아버지에게 꾸중 들을 일이 가장 두려웠다. 우는 아이 달래는 데는 호랑이보다 곶감이 최고라는 속담이 있다. 어린 시절, 나도 울고 있을 때 누군가 곶감을 주면서 타일러주길 바랐다. 하지만 우리 집에는 늘 커다란 호랑이 한 마리가 터를 잡고 있었다. 아버지였다. 그래서 내가 잘못할 때면 집안에서 으르렁거리는 소리가 종종 들리곤 했다. 나는 언제쯤 폭풍우가 한바탕 몰아칠까, 하며 마음 졸이고 있었다. 그런데 하루이틀, 일주일이 지나도 집안 분위기는 아무 일도 없다는 듯이 평온했다. 그렇게 나의 잘못은 잊히는 건가 싶었다.

그러던 어느 날, 화창한 주말 아침이었다. 어머니는 외출하고 아버지와 나는 단둘이 거실에 앉아 있었다. 그렇게 둘이 앉아 있던 게 오랜만이라 어색하기만 했다. 아버지는 쭈뼛쭈뼛거리던 나를 평상시와 다른 목소리로 불렀다. 나는 본능적으로 알 수 있었다. 드디어 올 게 왔다는 것을. 나는 아버지에게 혼나기 전 마음을 예열하고 있었다.

"먹고 싶은 게 많았구나. 그러면 사달라고 하지."

아버지는 딱 이 두 마디 말을 건넨 뒤 나를 꽉 안아 줬다. 곧이어 아버지와 내 두 눈에서는 눈물이 쉴 새 없이 흘러내렸다. 그렇게 우리는 한동안 말없이 서로를 부둥켜안고 있었다. 아버지는 야단치기보다 사랑으로 당신의 자식을 감싸줬다. 이와 더불어 그 짧은 말 속에 아버지의 사랑이 내게 다 전해지는 걸 느꼈다. 자식을 사랑하는 동시에 당신을 자책하며 미안해하고 있다는 느낌을 받았다. 내가 다 헤아릴 수 없는 마음이었다. 다만, 그날 날씨와 온도, 아버지의 따스한 숨결이 꽁꽁 얼어 있던 내 마음을 녹게 해주었던 것만큼은 확실하다. 가끔 화창한 주말 아침이면 그날의 우리가 떠오른다.

그 당시 나는 스스로를 그 누구보다 가엾게 여겼다. 두 발을 붙이고 있는 현실에서 마음대로 할 수 있는 게 없었기 때문이다. 돌이켜보면 이런 감정을 느끼는 것도 경험이고 시행착오였다. 나는 그날의 경험을 통해 두 가지 배움을 얻을 수 있었다. 자기 이해와 절제였다.

한계선까지 자신을 몰아세우는 게 늘 좋은 방법은 아니다. 하지만 그 한계를 알고 나니까 내가 나를 이해할 수 있게 됐다. 그 덕분에 나는 먹는 것을 정말 좋아하는 사람이란 걸 깨달았다. 그래서 눈 감는 날까지 가늘고 길게 원하는 걸 먹으려면 절제하는 법을 익혀야만 했다. 물이 펄펄 끓고 있는 냄비 뚜껑을 열지 않으면 흘러넘치는 것처럼, 욕구도 마찬가지였다. 기약 없이 욕구를 억제하기만 하면 언젠가는 폭발할 수밖에 없다. 그 욕구를 건전하게 달랠 줄 알게 되면서 절제하며 적당히 재미있게 살 수 있게 됐다. 한 끼 배부르게 먹었으면 그다음 끼니는 가볍게 먹는 것처럼.

뭐든지 과하지만 않으면 된다. 이것을 알게 된 뒤로 나는 무엇이든지 무리하지 않는다. 할 수 있는 선에서만 최선을 다하려고 한다. 그렇게 하다가 안 되면 어쩔 수 없다고 생각한다. 이렇게 쉽게 생각하려고 연습한 기간이 점점 길어지다 보니, 나는 심각했던 과거와도 서서히 작별할 수 있었다. 뭐든지 다 연습이 필요하다. 삶은 연습으로 시작해서 연습으로 끝나는 게 아닐까.

남자가 태어나서
세 번만 울 수 있을까

어릴 때 나는 억울하거나 화가 나면 그것을 눈물로 해결하곤 했다. 기억 저편에 내 눈물 버튼을 건드렸던 잊히지 않는 두 가지 기억이 있다.

학창 시절, 내가 새로운 학년이 되면 우리 가족은 담임 선생님과 직접 인사했다. 마치 일 년에 한 번 치르는 행사 같았다. 혹시 학교에서 저혈당 쇼크와 같은 일이 생길 수 있어서 미리 그 내용을 전달하기 위함이었다. 그런데 그 시절 나는 이 행사가 마음에 들지 않았다. 남들과 내가 다르다는 것을 계속 확인하는 절차처럼 느껴졌기 때문이다.

그래서 나는 이 비밀을 지키기 위해 최대한 몸에 신경 썼다. 하지만 이런 노력이 무색한 날도 있었다.

나는 장난기 가득했던 초등학생이었다. 그 당시 꿈이 개그맨은 아니었지만, 나는 남들을 웃길 때 기쁨을 느끼곤 했다. 하지만 때와 장소를 가리지 못할 때가 있었다. 같은 반에 있었던 설 씨 성의 친구를 나는 설렁탕이라고 자주 불렀다. 수업 시간에 설렁탕이 물을 마시는 모습을 봤던 나는 "설렁탕이 물을 마시면 싱거워서 우짜노" 하며 장난을 쳐댔다. 그러자 내 주위에 앉아 있던 친구들이 어깨를 들썩이며 함께 웃었다. 처음엔 설렁탕도 가볍게 넘기는 듯했다. 여기서 멈춰야 했지만, 그 친구에게 더 깐족거렸다. 설렁탕은 수업 도중에 화를 터트리고야 말았다. 나는 뒤늦게 후회했고, 담임 선생님의 부름에 교실 앞으로 나갔다. 그리고 무릎 꿇은 채 벽을 보며 팔 들고 벌을 섰다. 그렇게 들고 있던 팔이 저려 올 때쯤, 선생님은 친구들이 보는 앞에서 다음과 같이 말했다.

"너는 당뇨도 있어서 아픈 애가 수업 시간에 뭐 하는 짓이니?"

그 순간, 갑자기 누가 때린 것처럼 내 뒤통수가 얼얼했다. 예의 없이 장난을 친 것은 분명히 잘못했지만, 내 일

부인 당뇨를 그 자리에서 밝힌 선생님의 마음은 이해하기
어려웠다. 나는 그 자리에서 눈물을 흘리고 말았다. 그런
데 선생님은 내 눈물에도 아랑곳하지 않고, 내 마음을 후
벼 파는 말들을 더 쏟아냈다. 그동안 내가 선생님에게 이
토록 미움 받고 있었나, 하는 생각이 들 정도였다. 그렇게
내 뺨에 흘러내렸던 눈물이 다 마를 때쯤, 수업이 종료되
면서 상황은 마무리됐다. 그 자리에서 일어난 그때, 내 등
뒤에서 무엇인가 느껴졌다. 바로 동정으로 가득 찬 친구
들의 눈빛이었다. 그건 마치 길가에 버려진 강아지를 보
는 듯한 눈빛이었다. 위로해주는 친구들도 있었지만, 나
는 그 마음을 고맙게 받아들일 수 없었다. 그 자리에서 당
장 벗어나고 싶을 뿐이었다. 분명히 나는 잘못했다. 그런
데 내가 1형 당뇨병을 가졌다는 이유만으로, 더 큰 잘못
을 저지른 것처럼 느껴졌다. 1형 당뇨가 있다는 게 잘못
인 건가 싶었다. 내 힘으로 어찌할 수 없는 것으로 놀림의
대상이 되는 기분을 그제야 알았다. 이렇게 세상에 내 비
밀이 공개되면서 또 하나의 일을 겪어야만 했다.

　중학교 수업 시간이었다. 우리는 편안한 분위기에서
영상 하나를 봤다. 그런데 하필 중간에 당뇨가 나오는 게
아니겠는가. 나이가 들어 건강 관리를 못 하면 당뇨 발생

률이 증가한다는 내용이었다. 당뇨로 발에 합병증이 생기면 최악의 경우 절단해야 한다고 강조했다. 그 영상을 보던 친구들에게는 먼 나라 이웃 나라 같은 이야기였을 테지만, 나에게는 그 내용이 공포 그 자체였다. 안 그래도 나는 불안감을 혹처럼 달고 있었기에 그 영상이 살벌하게만 느껴졌다. 그러다 괜히 내 발을 힐끗 바라보며 무사한지 살폈다. 그렇게 싱숭생숭한 기분을 느끼고 있을 때, 내게 무엇인가 훅하고 날아와 어퍼컷을 날렸다. 그것은 나와 같은 열에 앉아 있던 같은 반 아이의 비웃는 듯한 표정과 말 한마디였다. 다른 친구들이 다 듣고 있는 와중에 너도 당뇨가 있는데 괜찮냐는 물음이었다. 덧붙여 그는 본인 할머니가 당뇨 때문에 발을 절단할 뻔했다고 일러줬다. 그가 나를 걱정해주는 거였다면 내가 고맙게 여겼을까. 하지만 그 순간 그의 표정과 말투, 태도로 미루어 봐서는 나를 공격하려고 작정한 것처럼 보였다. 그가 입으로 내뱉은 화살이 마음에 박혔던 나는 말문이 막힐 수밖에 없었다. 많은 사람 앞에서 나는 벌거벗은 기분을 느꼈다. 그 순간 무엇이라도 나를 가려줬으면 했지만, 주위에는 아무것도 없었다. 이때도 나는 눈물을 흘렸다. 내 눈물을 봤던 그 아이는 상황이 이상하게 흘러간다는 걸 눈치

챘는지 당황한 듯했다. 그리고 주위에서는 그 아이를 탓하며 울고 있던 나를 달래주었지만, 이미 내 마음은 너덜너덜해진 상태였다. 그날 집에 돌아오는 하굣길에 나는 속으로 몇 번이고 생각했다. '왜 나는 아무 말도 못 했을까?', '왜 그런 표정을 짓는 사람 앞에서 한없이 작아져야만 했을까?'

집으로 돌아오는 길에 올려다본 하늘은 맑았고, 그게 나를 더 서럽게 만들었다. 평화로운 세상 속에 나 혼자만 멈춰 서 있는 기분을 느꼈다. 그날 이후 나는 웃는 일이 줄어들었다. 게다가 말수도 적어지고, 사람 눈을 똑바로 마주하는 것조차 힘들게 느껴졌다. 누군가가 나를 보고 있으면, 내 비밀 때문이라는 착각이 들었기 때문이다. 이처럼 그 당시 나는 이런 일들을 겪으며 점점 위축됐다. 그래서인지 주위 눈치를 보며 긴장 속에서 일상을 보내야만 했다. 사춘기가 끝날 때까지.

소수자로서 겪을 수밖에 없었던 일을 돌이켜보며 성인이 된 지금, 나는 어떤지 돌아봤다. 편견이 없는지를. 미디어에서 여러 소수자 이야기를 한 번씩 접할 때면 나만의 시선으로 그들을 해석하곤 했다. 나도 당뇨와 관련 없는 삶을 살았다면, 아마도 당뇨에 대한 편견이 차고 넘쳤을 거라 짐작해본다. 당뇨라는 단어가 대중에게 주는 이미지가 긍정적일 수는 없으니까. 그 시절 담임 선생님이 내게 보여준 행동은 유쾌하진 않지만, 있을 수 있는 일이라 생각한다. 이렇게 생각하게 된 것만으로도, 과거 상처에서 조금은 벗어난 거라 여기며 나를 다독여본다.

나에게 필요한 건
문을 여는 용기

저마다 사춘기를 겪는 시기나 그 매서움이 다르다고 하지
만, 삶 전체를 통틀어 나는 사춘기가 가장 버거웠다. 이렇
게 태어난 나를 받아들이기가 힘들었기 때문이다.

엄한 아버지 밑에서 자랐던 나는 사춘기 이전에는 무
난하게 잘 자랐다. 그런데 중학교 교복을 벗어던진 그 순
간, 내 마음속에 잠겨 있던 나사가 하나씩 풀리기 시작했
다. 그렇게 헐렁해진 내 마음 한구석에, 가랑비에 옷 젖듯
이 누군가 비집고 들어왔다. 반갑지 않은 손님은 층간 소
음처럼 정답도 없는 질문을 던지며 나를 괴롭혔다. 이 당

시 내 얼굴에서는 웃음기라고는 찾아볼 수 없었다.

지금 생각해보면, 그 표정은 나를 지키기 위한 방패였던 것 같다. 누군가 다가오기 전에 먼저 밀어내거나, 상처받기 전에 먼저 등을 돌리는 일종의 방어 본능이었다. 하지만 그렇게 스스로 보호하려던 시도가 오히려 나를 고립시켰다는 사실을 당시에는 외면하고 싶었다. 그래서인지 나는 고등학교 친구가 없다. 누군가와 마음을 나눌 여유도 없었고, 소통하는 것이 어렵게 느껴졌기 때문이다. 그렇게 세상을 등지려 했던 나는 1형 당뇨 때문에 마음이 점점 무거워져갔다.

어느 순간부터 혈당을 확인하고 인슐린을 투여하는 날들이 점점 나를 짓눌렀다. 앞으로 죽는 날까지 바늘을 피부에 꽂으며 살 생각을 하니까 미래가 그려지지 않았다. 수많은 바늘이 내 피부에 박히는 동안, 대개는 육체적 고통만이 전해졌다. 그런데 사춘기에 접어들 무렵, 그 고통은 살갗을 넘어 마음속 깊숙한 곳까지 침범했다. 눈에 보이지 않는 멍도 마음 한구석에 번지는 것 같았다. 그 색은 분명히 짙고 새파랬을 거다. 이렇게 속마음이 병들어 가다 보니 혈당도 날마다 춤을 췄다. 가뜩이나 사춘기에는 호르몬 변화 때문에 혈당이 더 심하게 춤을 추는데, 심리

적 스트레스가 관리를 더 어렵게 만들었다. 이처럼 몸과 함께 변해버린 감정 때문에 내 정신도 온전치 못했다. 그러다 보니 나는 널뛰는 혈당을 그냥 방치하기도 했고, 일상에서 마주하는 모든 것들이 곱게 보이지가 않았다. 한마디로 막장 그 자체였다.

혈당을 방치한 것은 단순한 무관심이 아니었다. 일종의 시위였다. 내 몸을 통제할 수 없다는 무력감에 대한 소극적인 저항이었다. 어차피 내 뜻대로 되는 일도 아닌데, 왜 애써야 하느냐는 자포자기의 심정이 그 밑바닥에 깔려 있었다. 하지만 이 저항은 결국 자신을 더 아프게 만들 뿐이었다. 불행 중 다행으로 나는 고등학교 졸업장은 받아야 했기에 학교에는 꾸역꾸역 출석했다.

학교에서 야간 자율 학습에 참여해야 했지만, 나는 1형 당뇨 때문에 그러지 못했다. 그 시절 나는 모든 것이 서툴렀기 때문이다. 부모님 도움 없이는 혼자서 인슐린 주사도 제대로 놓지 못했기에, 학교에서 나 혼자 혈당 관리하며 공부한다는 것은 엄청난 용기가 필요한 일이었다. 하지만 불평만 일삼았던 나는 그만큼 겁도 많았기에 그런 용기를 쉽게 낼 수 없었다. 그래서 수업이 끝나면 곧장 집으로 향하는 것이 최선이었다. 밖에서 학생으로서 책임을 다하면서 혈당과도 씨름했던 나는 일상에서 긴장하기 일 쑤였다. 다행인 건 집에 돌아오면 잠시나마 그 긴장의 끈을 놓았다는 것이다. 그래서 집에서 하루를 마무리하는 그 시간이 나에겐 무척이나 소중했다. 물론 자율 학습에서 빠지는 건 쉬운 결정이 아니었다.

돌이켜보면 조금만 더 용기를 냈다면 어땠을까, 하는 아쉬움이 있다. 당시에 나는 용기가 없어서 자율 학습에 참여하지 못한다고 생각했다. 하지만 지금은 용기의 문제라기 보단, 실패를 더 두려워했다고 여긴다. 학교에서 혈당이 떨어지거나 갑자기 몸 상태가 나빠져서 다른 친구들에게 피해를 주거나, 내가 다른 존재라는 게 더 명확하게 드러나는 순간이 두려웠다. 그래서 아예 시도조차 하지 않는 쪽을 택했다. 시도하지 않으면 실패할 일도 없고, 창피할 일도 없다고 생각했으니까. 하지만 그건 용기를 내볼 기회조차 스스로에게 빼앗은 것이나 다름없었다. 그래서 학교에 밤늦게까지 있기 위해 인슐린 펌프도 고려해봤다. 펌프를 사용하면 인슐린 투여가 편리해지기 때문이다. 하지만 얻는 것이 있다면 잃는 것도 생기는 법이다. 항상 피부에 바늘이 박혀 있기 때문에 일상에서 불편함이 따를 수밖에 없다. 피부에 멍이 들거나 상처가 생기는 건

예삿일이었고, 부착된 펌프가 겉으로 드러나지 않도록 옷차림에 더 신경을 써야만 했다. 특히 나는 사춘기였기에 겉으로 보이는 것에 더 예민할 수밖에 없었다. 그 당시 기술력은 지금보다 뒤처져서 인슐린이 제대로 주입되지 않는 경우도 종종 있었다.

이래저래 불편해도 적응하면 언젠가는 문제없을 것이다. 내가 인슐린 펌프를 멀리했던 가장 큰 이유는 자존심 때문이었다. 그것을 달고 살면 왠지 내가 나약해질 거라 여겼다. 과학 문명의 도움을 받는다는 장점은 분명했지만, 스스로 할 수 없는 인간이 되는 것 같아 꺼려졌다. 부모님의 도움도 받았지만, 직접 인슐린 주사를 놓는 것이 내 삶에 능동성을 부여한다고 생각했다. 불편하더라도 나는 이 능동성을 지키는 게 내 자존감을 지키는 길이라 여겼다. 그래서 내 의지로 인슐린을 투여하며 미래를 스스로 책임지고 싶었다. 그런데 이러한 각오와 함께 매일 집으로 향했던 나는 더 혼란스러워지는 일을 겪게 된다.

야간 자율 학습 시간은 오후 아홉 시까지였기에 나도 이 시간에 맞춰 집에서 공부했다. 그 시절에는 자율 학습 후에도 학원에 가는 경우가 많았다. 나 역시 집 근처 학원에 다녔고, 이곳에는 같은 학교 학생들도 있었다. 그런데 내가 밤늦게까지 학원에 다닌다는 사실이 교실에 메아리처럼 퍼졌다. 같은 반 친구들에게 내가 자율 학습에서 빠졌던 것은 건강상의 이유로 알려져 있었다. 그런 이유로 자율 학습에 참여하지 못했던 내가 밤늦게까지 학원에 간다는 게 앞뒤가 맞지 않았던 모양이다. 시간이 지날수록 내 주변의 불신 어린 눈초리가 점점 더 강하게 느껴졌다. 그 불신은 점차 커져서 걷잡을 수 없이 번지는 것 같았고, 그 시선은 너무나도 매서워서 온몸이 쓸린 듯한 기분이 들었다. 나를 향한 의심이 곧 확신으로 바뀌는 순간이었다.

나는 아무 말도 하지 않았다. 침묵으로 일관했고, 그 침묵은 오해를 더 키웠다. 완벽하게 설명하지는 못해도, 서툴게라도 내 상황을 나눴다면 적어도 몇몇 사람은 이해했을지도 모른다. 하지만 나는 그런 시도조차 하지 않았다. 아픈 사람으로 동정받는 것보다는 그냥 이기적인 사람으로 보이는 게 낫다고 생각했다. 그래서 나를 향한 반 친구들의 시선은 곱지 않았다. 그 시선이 날카로워서 마음이 베인 듯한 아픔을 느끼기도 했다. 마녀사냥이라고 하면 과장일 수도 있지만, 감수성이 예민했던 나에게는 그만큼 무겁게 다가왔다. 몸에는 상처가 없을지언정 마음속엔 생채기가 하나둘 생겼다. 언제부턴가 학교에 가는 것이 내 주위로 벽돌을 하나씩 쌓으러 가는 것처럼 느껴졌다.

그렇게 쌓은 벽돌은 점점 높아져 어느새 출구 없는 단단한 성이 됐다. 그 성 안에서 나는 세상과 담쌓은 채 외로움을 친구 삼아 지냈다. 그리고 이 외로움은 고등학교를 졸업한 후에도 가장 가까운 벗이 돼주곤 했다. 그런데 이상한 건 나는 외로움에 익숙해지면서 점점 그 안에서 안도감을 느꼈다는 것이다. 관계에서 오는 상처나 오해, 설명해야 하는 수고로움에서 벗어날 수 있었기 때문이다. 어떻게 보면 도피였다.

그때 내게 진짜 필요했던 건 더 높은 벽이 아니라 문을 여는 용기였을지도 모른다. 내 상처와 두려움을 조금이라도 드러낼 수 있는 용기. 그 용기가 있었다면 나는 조금 덜 외로웠을지도 모른다. 하지만 그 당시 나는 그럴 준비가 되어 있지 않았다. 그저 살아남는 것만으로도 벅찼고, 하루하루를 버티는 것 외에는 아무것도 생각할 여유가 없었다. 그래서 나는 그 성안에 머무르는 것을 택했다. 그때로부터 많은 시간이 흐른 지금, 나는 그 성을 허문 뒤 남아 있는 흔적을 치우는 중이다. 다행이다.

저혈당과 고혈당 중에서 무엇이 더 위험한가요?

두 가지 모두 위험합니다. 그런데 저혈당이 되면 초보 당뇨인은 오히려 좋아할 수도 있어요. 이때 혈당을 올리기 위해 먹고 싶었던 간식을 먹을 수 있으니까요. 저도 숱하게 경험해봐서 알아요. 그래서 저혈당이 오기를 기다릴 때도 있었습니다. 얼마나 위험한지도 모르고요. 고혈당은 위험하다는 것을 직감적으로 알겠는데, 상대적으로 저혈당은 그렇게 느껴지지 않았어요. 초보 당뇨인은 그 위험성에 대해서 제대로 교육받아야 합니다.

우유만 마셔도 혈당이 오르나요?

우유만 마셔도 혈당이 오를 수 있습니다. 유당이 포함되어 있기 때문입니다. 유당은 소화 과정에서 분해되면 포도당을 만들어서 혈당을 올리게 됩니다. 하지만 우유에는 단백질과 지방도 포함되어 있어서. 함께 소화되면 혈당이 급격하게 오르지는 않습니다.

감기약 때문에 혈당이 오를 수 있나요?

감기약 때문에 혈당이 오를 수도 있습니다. 간혹 어린이 감기약 시럽에 포함된 백당 같은 첨가제나 염증을 억제하는 스테로이드 제제가 혈당을 올릴 수 있어요. 이와 더불어서 감기에 걸리는 것이 몸에 스트레스가 돼서 혈당이 오를 수도 있습니다. 몸이 스트레스 받으면 체내에서 분비되는 것 중의 하나가 스테로이드 호르몬인데요. 즉, 스테로이드 약을 먹는 것이나 체내에서 분비된 스테로이드 호르몬이 몸 안에서 비슷하게 작용하기 때문입니다.

수면이 부족하거나 과로한 날에는 혈당 관리가 잘 안 되던데 왜 그런 건가요?

위의 답변처럼 이것도 스트레스 때문입니다. 몸이 힘든 날에는 수면을 통해서 충분한 휴식을 취해줘야 하는데, 그것이 안 되면 몸에 스트레스가 누적될 수밖에 없어요. 그래서 혈당을 위해서라도 수면을 통해서 휴식을 취해주는 게 중요합니다.

마음대로 못 먹어서 생기는 스트레스를 관리하는
방법이 있나요?

군것질 좋아할 어린 나이에는 많이 힘들었어요. 좋아하는 것을 원하는 만큼 먹지도 못하거나, 아예 먹지 못했던 것이 스트레스였습니다. 맛있게 먹으면 0칼로리라는 말이 있잖아요? 저는 이것을 제 방식대로 해석합니다. 좋아하는 음식을 마음껏 먹으면 기분도 좋고 에너지도 넘치니까, 열심히 운동하면서 소비한 음식 열량을 다 태워서 제로로 만들기로 했습니다. 그래서 요즘은 크게 스트레스 받지 않아요.

혈당 때문에 운동을 해야 한다는 건 알지만 여건이
안 되네요. 어떻게 해야 할까요?

시간을 따로 내서 운동하기 힘들다면 일상에서 최대한 움직일 수 있는 환경을 만들어 보는 건 어떨까요? 저는 출근할 때 지하철역까지 지름길보다는 빙 둘러 가는 편이에요. 게다가 직장에서는 밥을 먹은 뒤에 무릎을 약간 굽혀서 허벅지 운동을 통해 혈당 스파이크를 막고 있습니다.

정상 혈당 개념이 당뇨인에게도 적용될까요?

같은 혈당 수치라도 일반인과 당뇨인은 그 해석이 달라질 수 있습니다. 혈당 측정기에서 90이라는 숫자가 나왔다고 가정해볼게요. 일반인은 정상이라고 판단할 수 있는 수치에요. 하지만 1형 당뇨인은 그 수치를 보고 혈당의 방향성을 판단해야 합니다. 속력에 방향이 더해지면 속도가 되는 것과 같은 원리입니다. 즉, 혈당이 위아래 혹은 횡단하는지를 관찰해야 해요. 그래서 혈당이 90이라도 아래로 떨어지는 중이라면 저혈당으로 판단할 수 있고, 횡단하는 거라면 지금 혈당이 안정하다고 생각할 수 있습니다. 혈당 수치는 말 그대로 참고만 하는 게 좋습니다.

당뇨 유병 기간이 길어지면 무조건 합병증이 오나요?

아닙니다. 절대적인 건 없어요. 저는 올해로 이십팔 년 차 당뇨인이지만 합병증은 없습니다. 저보다 당뇨가 오래된 분 중에도 합병증 없이 건강하게 지내는 분들이 많고요. 물론, 유병 기간이 길면 합병증 발생 확률은 올라갈 수 있겠지만 관리를 어떻게 하느냐에 따라 그 결과는 다를 거로 생각합니다. 그러니 아직 오지도 않은 합병증을 너무 두려워하지

마세요. 그 시간도 아깝거든요. 제가 몇 년을 두려워해봐서 누구보다 잘 알고 있으니 믿으셔도 됩니다.

혈당 관리를 오랫동안 기복 없이 할 수 있는 팁이 있나요?

저는 당장 지금보다 조금 더 멀리 내다보고 관리하는 걸 추천하겠습니다. 관리하기 편해 보이는 방법이 지금 당장은 좋아 보일 수 있지만, 시간이 지나면 그게 아닐 수도 있거든요.

예를 들어 인슐린 주사만으로 혈당 관리해도 당장은 괜찮을 수 있어요. 그런데 시간이 지나면 그렇지 않다는 걸 알게 됩니다. 땀 흘려 운동하고 몸에 좋은 음식도 먹으면서 인슐린을 맞아야 혈당 관리도 기복 없이 오래 할 수 있어요. 그러면 평생에 걸쳐서 하는 혈당 관리도 지치지 않고 쉽게 할 수 있을 겁니다.

4

오늘도 견디는 법을 배우는 중

이제 나는
기꺼이 하는 사람

아내와 연인이었던 시절, 상대방을 조금이나마 더 이해하기 위해서 우리는 두 손을 잡고 성격 분석 기관에 방문했다. 그 당시 우리는 눈만 마주쳐도 으르렁대며 서로의 가슴에 비수를 꽂기 바빴다. 찢어진 상처처럼 벌어진 관계에 응급 처치가 필요했고, 지푸라기라도 잡는 심정으로 우리는 그곳을 방문했다. 검사는 한 시간가량 진행됐다. 이 결과를 바탕으로 상담사가 우리 성향을 알려줬다. 예상은 했지만, 우리 둘의 성향은 거의 정반대였다. MBTI 검사상으로 우리 커플은 ISTJ인 남자와 ENFJ 여자의 만남이었다. 내향적이고 지극히 현실적인 동시에 공감 능력 부족한 로봇 같은 남자와, 사람 만나는 것을 좋아하고 몽상가인 동시에 소녀 감성인 여자가 함께 어울리는 게 쉬운 일은 아닐 것이다. 그녀의 활발함이 잔잔한 내 삶에 활력을 주기도 했지만, 어떨 때는 부담으로 다가오기도 했다. 이 부담은 결국 각자 추구하는 삶의 방향과 가치관에도 영향을 주었기에 관계에 브레이크처럼 작용했다. 그래서 함께 가속 페달을 서서히 밟으면서 앞으로 더 나아갈지, 아니면 사이드 브레이크까지 당겨서 멈출지 선택하는 게 우리의 몫이었다. 그 당시 응급 처치가 효과가 있었는지 현재 우리는 부부의 인연을 맺어서 잘 살고 있다.

상담하는 동안 가장 와닿았던 것은 내 가치관에 대한 분석이었다. 틀에 맞춰진 시간 속에서 할 일만 하고 살다가 노년기에 허탈해질 수도 있다는 조언을 들었다. 이 말을 듣고 그동안의 내 삶을 곰곰이 생각해봤다. 나는 정해진 루틴 안에 내 시간을 욱여넣어서 해야 할 일로 가득 찬 세상에 살고 있는 듯했다. 식단 조절, 식사 후 산책과 운동, 혈당 체크, 인슐린 투여 등 오로지 좋은 혈당을 유지하기 위한 시간만을 보냈다. 나는 이 모든 일과를 꾸역꾸역 하고 있었다. 무슨 일을 할 때 마음가짐이 중요한데,

나는 뭐든지 죽을상을 하고 억지로 하면서 일상을 보냈다. 내가 살면서 흔쾌히 시작했던 일이 있었나 싶을 정도였다.

숨 쉬는 데에도 노력이 들어가야 했다면, 아마도 나는 진작에 이 세상과 작별했을 거다. 극단적인 비유지만 내게 삶은 그 정도로 번거롭고 무겁게 느껴졌다. 인슐린 주사, 피멍 자국, 손끝 채혈뿐 아니라 식후에 혈당 스파이크를 잠재우기 위해 산책을 해야 했고, 운동장이나 러닝머신 위에서 냅다 뛰어야만 했다. 또 빠르게 감소하는 근육량을 붙잡기 위해 맨몸 운동과 근육 운동도 병행해야만 했다. 그리고 염증에 과하게 노출된 내 세포를 아껴주려고 매일 브로콜리를 와그작와그작 씹어 먹어야만 했다. 이 외에도 사소한 여러 가지가 일상에 임무처럼 시간표에 박혀 있었다.

나는 이 모든 일을 나열하며 '해야만 했다'라고 말한다. 이처럼 나는 일상의 모든 것을 의무라고 여겼다. 이 글을 쓰기 전까지만 해도 나는 무엇을 해야만 해서, 그렇게 하는 게 내 몸에 좋다는 이유만으로 모든 일을 했다. 내가 하고 싶고 좋아하는 등의 이유 따위는 동기에 전혀 포함되지 않았다. 주어진 과제만을 꾸역꾸역 수행하며 사는 게 전부였다. 그러다 상담 결과를 토대로 다시 생각해봤다. 생의 마지막 순간에 무엇을 느끼다 가고 싶은지. 적어도 허탈함을 느끼다가 눈을 감고 싶지는 않았다. 텁텁한 입안을 양치질하고 난 후에 개운함을 느끼는 것처럼 삶의 마지막 순간에 개운하면 좋겠다고 생각했다. 이렇게 느끼려면 그동안 삶의 방식을 조금씩 수정하며 시간의 방향을 다시 설정할 필요가 있었다.

어릴 때부터 나는 특출나게 잘하는 게 없었다. 그래서였을까. 나는 자격지심 덩어리였다. 어떤 실험에서 대조군과 실험군은 특정한 조건만 차이가 날 뿐이지 대부분의 조건이 같기에 비교가 가능하다. 하지만 과거의 난 남들의 특출난 장점을 대조군으로 설정하곤 했다. 그래서 내가 부족한 부분을 그것과 비교하면서, 항상 열등하다고 여기며 늘 불만을 느끼곤 했다. 게다가 남들보다 열등한 췌장을 가졌기 때문에 그것을 보완할 만한 능력이 나에게 있어야 한다고 생각했다. 그래야 이 세상에서 살아남을 거로 여겼다. 어쩌면 이 자격지심이 어떻게든 살아남겠다는 생존 욕구의 또 다른 표현일 수도 있다.

어딘가 부족했지만, 나는 뭐든지 다 할 수 있는 대단한 사람이 되고 싶었다. 그렇게 나는 남들보다 우월해지고 싶다는 욕망의 노예가 되기를 자처했다. 하지만 집착할수록 그 대상은 멀어지기 마련이다. 남들보다 우월해지고 싶다는 욕망은 오히려 나를 더 열등감에 빠뜨렸다.

순위를 매기는 게 당연한 문화에서 어떻게든 상위권에 진입하려 했지만, 마음처럼 되지 않았다. 학창 시절 성적을 잘 받고 싶어서 남들보다 최대한 오래 앉아 있어도 나보다 결과가 좋은 사람은 항상 많았다. 체육 수행 평가를 할 때도 줄넘기 이단 뛰기를 남들보다 오랫동안 많이 하려고 집 앞에서 전완근이 터질 때까지 연습하거나, 오십 미터 달리기를 0.1초라도 기록 단축하려고 운동장을 혼자 뛰어다녔지만, 모든 이를 앞지를 수는 없었다. 일상을 빼곡히 메우고 있던 의무감과 자격지심에서 비롯된 행동이 안 그래도 좁은 내 숨구멍을 점점 좁게 만들었다. 이 사실을 몇 년 전까지만 해도 몰랐다. 그냥 내 삶은 이렇게 흘러갈 수밖에 없다고 단정했을 뿐이었다.

애초에 친했던 것이 없는 사람은 헤어질 준비를 할 필요가 없어서 편할 거로 생각했다. 하지만 이런 생각을 하는 내 자신이 초라하게 느껴졌다. 무엇에 즐거움을 느끼는지도 모른 채 생을 마치지는 말자고 생각했다. 나는 하나씩 재정비하기 시작했다. 내 마음부터 바로 세울 필요가 있었다. 꾸역꾸역이라고 부정적으로 표현했지만, 이것이 오랜 시간 유지된다면 꾸준함으로 진화할 것이란 생각이 들었다. 동기가 어떻든 무엇이든지 이십 년 넘도록 유지된다면 그것만으로도 의미 있기 때문이다. 이런 식으로 나는 일상 모든 것에서 의미를 찾기 시작했다. 인슐린을 투여하는 것은 사랑하는 사람과 내가 먹고 싶은 것을 먹으며 행복을 느끼기 위한 행위이며, 혈당을 체크하는 것은 내 건강을 유심히 돌보는 것이며, 매일 운동하고 신선한 채소를 먹는 것은 나를 소중하게 대하는 방식이라고 여겼다. 내 일상을 바라보는 시각을 바꾸는 것만으로도 나는 내 삶을 그 누구보다 소중하게 여기는 사람으로 변하고 있었다.

물론 이것도 연습이 필요했다. 당연히 나는 다르게 바라보는 그 연습도 꾸역꾸역했다. 그렇게 하루이틀 연습하다가 문득 이런 생각이 들었다. 지금 내 나이가 삼십 대 중반이니까 연습 기간이 길어진다면 내가 원하는 노년을 맞이할 수도 있을 것이라고. 그동안 살아오면서 이보다 더 어려운 것도 했는데 이것쯤은 아무것도 아니라는 생각도 들었다. 그래서 어제보다는 오늘, 현재보다는 미래에 무슨 일이든지 기꺼이 하는 사람으로 변하고 싶었다.

돌이켜보니 이왕 할 거 조금 더 포용적으로 할 수 없었을까, 하는 아쉬움이 남는다. 하지만 내 그릇이 이 정도밖에 안 되는 것이라서 누굴 탓할 수도 없는 노릇이다. 억지로라도 내 삶을 이어 나가겠다는 의지라도 없었다면 지금 나는 존재하지 않았을 것이다. 그래서 하늘이 나를 버리지는 않았구나, 하는 생각을 가끔 할 때가 있다. 누군가에게는 총명한 머리를 선물하고, 누군가에게는 태어나자마자 입에 금수저를 물리고, 나처럼 비상한 재주가 없는 이에게는 삶의 무게를 버티는 힘이라도 준 게 아닐까. 그 덕분에 지금 숨 쉬며 이전에 알지 못했던 즐거움을 하나씩 찾아다니고 있다. 앞으로는 그 즐거움을 찾는 재미와 함께하는 순간이 많아지길 소망한다.

최고의 상처 치료법

독자보다 작가가 많은 세상이라고 한다. 출판 방식이 다양해지면서 자기 생각을 세상에 공개하기 쉬워진 점이 그것을 가능하게 한 것 같다. 무식하면 용감하다는 말은 나에게 딱 어울리는 말이었다. 창작의 세계에 대해서 전혀 아는 게 없으면서도 나는 맨몸으로 그 세계에 뛰어들었다. 지금으로부 사 년 전의 일이다. 무엇이든지 꾸역꾸역했던 내가 유일하게 하고 싶어서 시작한 게 글쓰기였다. 글을 쓰고 싶었던 동기가 뚜렷하지는 않았다. 단지 머릿속에 떠다니는 생각을 어딘가에 펼치고 싶었다.

글을 쓰겠다고 모니터 앞에 처음 앉았을 때가 떠오른다. 깜빡이는 커서 박자에 맞춰서 내 눈도 덩달아 끔뻑이곤 했다. 무엇을 어떻게 해야 할지 도통 감이 오지 않았다. 글쓰기 책을 읽고, 강의를 들으면서 글쓰기 이론을 섭렵했지만, 큰 의미는 없었다. 축구를 잘하기 위해서는 최대한 공을 많이 다뤄봐야 하는 것처럼, 글쓰기를 잘하고 싶다면 많이 쓰는 것만이 유일한 길이라 생각했다. 그러다 문득 생각했다. 나는 무엇을 글로 쓰고 싶은지. 나를 관통했던 시간 속에서 피부로 느꼈던 것을 조금씩 옮겨볼까 하는 생각이 들었다. 하지만 내 역사가 담긴 시간의 색깔이 너무나도 어두웠기에 망설여졌다. 어두운 색깔의 글을 쓰는 게 의미가 있을까, 하는 의문도 들었지만, 나는 한 글자씩 써 내려갔다. 그렇게 처음 쓴 글은 거의 발악에 가까웠다.

'으악! 내가 이렇게 힘들게 살아왔다! 나보다 더 불행한 사람 있으면 나와 봐!' 그때 내가 썼던 글의 주된 메시지였다. 나는 과거의 우울함을 싹싹 긁어모아 문자로 사정없이 토해냈다. 누군가에게 말하지 못했던 것을 미주알고주알 써 내려가면서 소리 없는 아우성을 쳤다. 그렇게 마음속 응어리를 하나씩 풀어헤친 덕분이었을까. 내 마음은 글을 쓰기 전보다 한결 가벼워졌다.

그러다 살풀이에 가까웠던 그 글들을 천천히 읽어 봤다. 한 글자씩 적어 내려갈 때는 몰랐다. 내 안이 이렇게나 곪아 있었는지. 과거 상처에 너무 매몰된 탓에 글만 보면 내가 이 세상에서 가장 불쌍한 놈일 뿐이었다. 그동안 삶을 이렇게나 비관적으로 바라봤고, 자신을 한없이 가엾게만 여기며 살아왔다는 것을 자각할 수 있었다. 당시 연인이었던 아내에게도 그 결과물을 보여줬다. 곧이어 내게 돌아온 반응은 처참했다. 침울한 감정이 글에 고스란히 녹아 있어서 글을 읽을 때 힘이 너무 많이 든다는 것이었다. 글을 읽는 것이 아니라 읽어 내야만 하는 대상으로 여겨진다고 덧붙였다. 나는 냉철한 그 평가가 내심 서운하기도 했지만, 그 피드백은 내 글을 객관적으로 볼 수 있게 해줬다. 이때부터 글쓰기와 함께 내 삶이 조금씩 변하기 시작했다.

글을 쓰다 보면 말하기와 똑같다고 느낄 때가 많다. 뇌를 거치지 않고 막 뱉어진 말이 상대방 기분을 상하게 하듯이 글도 마찬가지인 것 같다. 불편한 감정이 그대로 드러났던 내 글은 그것을 마주한 상대방 마음도 불편하게 만들었다. 나도 그것을 다시 읽기란 쉽지 않았다. 아내의 말처럼 외면하고 싶은 글일 뿐이었다. 이 사실을 알게 된 이후부터 정제해서 쓰려고 노력했다.

그 이후에 작성된 결과물에 조금씩 변화가 찾아왔다. 그 변화는 결국 내면의 파동마저도 긍정으로 물들이는 듯했다. 감정을 한 번 정제해 글로 옮기자, 내 안에 찌꺼기처럼 남아 있던 우울감이 서서히 증발했다. 내면이 정화되는 느낌도 받았다. 게다가 감당하기 어려웠던 과거에도, 어쩌면 다른 의미가 있었을지 모른다는 생각의 전환도 이뤄졌다. 안 좋다고 여겼던 일도 지나고 보면 분명 좋은 의미가 있을 거로 생각했다. 그 덕분에 살기 위해 아등바등했던 과거도 삶에 대한 의지의 표현이라 여길 수 있었다. 모든 일을 양쪽에서 보려고 노력하게 된 것이다. 이런 노력 덕분에 내가 삶을 바라보는 태도도 조금씩 유연하게 변해갔다. 글쓰기 태도 변화는 결국 내면도 함께 변화해야 가능하다는 걸 알게 됐다. 이런 긍정적인 변화 덕분에 글의 의도가 상대방에게 왜곡되지 않고 고스란히 전달되는 듯했다.

그러다 글쓰기를 통해서 더 큰 꿈을 꾸었다. 누군가가 내 글을 읽어주길 바랐다. 혼자서 간직하기보다는 세상에 공개해보고 싶다는 욕구가 안에서 꿈틀거렸다. 그래서

1형 당뇨인 카페에 적었던 글을 하나씩 공유하기 시작했다. 내가 경험하면서 느낀 점을 공유하면 누군가에게는 작은 도움이 될 거라 믿었다. 그것을 마주한 카페 회원들은 모두 다 한목소리로 이야기에 공감하는 동시에 나를 응원한다며 힘을 보태줬다. 그 공간에서 우리는 같은 아픔을 가진 사람들끼리 서로 위로하면서 각자의 슬픔을 달랠 수 있었다. 슬픔을 슬픔으로 치유한다는 게 이런 건가 싶었다. 특히 1형 당뇨를 진단받은 지 얼마 안 된 당사자와 그 가족이 남긴 감상평은 더 특별하게 다가왔다. 한 번씩 힘들 때마다 글을 읽으면 힘이 될 것 같다며 내게 고마움을 표시해줬다. 그들의 선물 같은 반응을 보면서 문득 생각했다. 살아온 과거가 결코 헛된 시간이 아니었다고. 그 힘든 시기를 잘 보냈다면 자신을 가엾게 여기기보단 자신감을 갖자고. 이런 생각과 함께 나도 누군가에게 도움이 될 수 있다는 사실이 그저 감사할 뿐이었다. 글이라는 매개체를 통해서 세상과 소통할 수 있게 됐다. 내가 앞으로도 글을 써야 할 확실한 이유 하나가 생긴 셈이다.

살면서 받았던 상처를 글로 옮기는 것만으로 치유가 된다는 말이 있듯이, 용기 하나만 가지고 글을 썼던 나는 글쓰기를 통해 많은 위로를 받았다. 지난 과거의 상처를 수면 위로 드러내기까지 나도 많은 용기가 필요했다. 그 상처를 어딘가에 계속 묻어 두기만 했다면, 언젠가는 곪아서 마음속 욕창으로 변했을 것이다. 그렇게 되기 전에 나는 글쓰기로 소독도 하고 드레싱을 하며 최대한 상처가 재발하지 않기 위해 안간힘을 썼다. 결과적으로 글쓰기가 나에게 있어서 최고의 상처 치료법이었다.

처음 글을 쓸 때는 과거의 설움에 북받쳐서 눈물과 콧물을 쏟기도 했다. 그렇게 여러 가지 우여곡절 끝에 약 사 년이라는 시간이 지난 지금, 나는 그 어느 때보다 담담하게 내 생각을 글로 표현하고 있다. 비로소 있는 그대로의 내 모습을 받아들일 수 있게 된 것 같다. 자신을 있는 그대로 받아들일 수 있다는 것. 그것이 얼마나 소중한지 알아 간다.

조금 다른 삶에도
사랑은 온다

눈 대신 비가 추적추적 내린 12월 어느 겨울날이었다. 나는 무릎까지 내려오는 검정 코트를 입은 채 우산을 쓰고 목적지로 향했다. 궂은 날씨에도 코트를 입었던 이유는 누군가에게 잘 보이기 위해서였다. 나는 부푼 가슴을 끌어안고 예약했던 식당에 먼저 도착해서 자리에 짐을 풀었다. 그런데 긴장해서 그런지 방광이 계속 나를 화장실로 이끌었다. 방광의 부름에 따라 화장실에 갔다가 자리로 돌아가려던 그때, 나는 흠칫하고 놀랐다. 긴 생머리의 한 여인 때문이었다. 그녀는 작고 귀여운 입술로 내게 인사했다. 나긋나긋하게 말하는 그녀의 모습과 분위기는 단숨에 나를 사로잡았다. 무엇보다 그녀의 가장 큰 장점은 밝게 웃으며 사람의 마음을 편안하게 해준다는 것이었다. 언제나 밝은 그녀의 미소는 지금도 내게 봄날의 햇살 같은 안식처가 돼주고 있다.

소개팅 주선자였던 친구는 나를 그녀에게 다음과 같이 소개했다. 키가 크고 진지해서 노잼이지만, 생각이 깊다고. 사람은 괜찮으니, 그녀에게 가볍게 만나보라고 했단다. 그래서였을까. 그녀도 나에 대한 기대치를 낮추고 자리에 나왔다고 전했다. 그런데 슬펐던 건 나에 대한 주선자의 묘사가 부정할 수 없는 사실이라는 것이다. 나는 내가 재미없는 사람이라는 걸 알기에, 첫 만남에서 밝은 분위기를 만들려고 애썼다. 하지만 나의 언어 중추와 입은 마음처럼 잘 따라주지 않았다. 고맙게도 그녀가 노력해준 덕분에 어찌저찌 대화는 흘러갔다. 우리는 서로의 관심사를 이야기하다가 독서를 좋아한다는 걸 알게 됐다. 이때 나와 주선자도 독서 모임을 가졌기에 나도 모르게 목에 힘이 들어갔다. 그런데 이 독서 모임은 소개팅을 한 다음 달에 수명을 다했다. 현재 그녀는 본인의 마음을 사기 위해 저지른 나의 만행이라고 주장하지만, 나는 그 누구보다 떳떳하다. 한 달이라도 모임을 한 것은 사실이니까.

그렇게 첫 만남에서 그녀에게 마음을 빼앗겼던 나는 두 번째 만남을 약속하고 고민에 빠졌다. 소개팅으로 커플이 될 확률이 높지 않았기에, 두 번째 만남에서 그녀에게 내 진심을 어떻게 표현할지 막막했기 때문이다. 고민 끝에 마음을 표현하는 수단으로 나는 그녀가 좋아하는 책을 선택했다. 게다가 책 앞머리에 '행복은 강도가 아닌 빈도다'라는 문장과 함께 그녀의 앞날에도 행복이 가득하길 바란다는 내용도 함께 적었다. 그녀가 내 마음을 받아 준다면 더할 나위 없이 고맙겠지만, 그렇지 않더라도 그녀의 행복을 빌어 주고 싶었다. 내 진심이 통했던 걸까. 두 번째 만남이 있었던 그다음 날에도 우리는 또 만났다. 그렇게 우리는 만난 지 나흘 만에 존댓말을 하던 사이에서 말을 편하게 하는 연인으로 발전했다.

그 당시 요양 병원에서 일하던 그녀가 당직을 설 때면, 우리는 새벽에 전화 너머로 사랑을 속삭였다. 새벽에 네다섯 시간 통화하면서 서로를 알아 갔으며, 그다음 날 출근을 해도 피곤하지 않았다. 이런 게 사랑의 힘인 건가 싶었다. 그런데 내게는 커다란 고민이 있었다. 그녀에게 1형 당뇨인이라는 내 비밀을 언제 밝힐지가 문제였다. 빨리 말해주는 게 예의라 생각했기에, 연인이 된 지 일주일 만에 나는 전화 너머로 그녀에게 고백했다. 1형 당뇨가 있다는 사실을. 어릴 때부터 나는 이 비밀을 이해해줄 사람을 만날 수 있을지 걱정했다. 이성과 만나는 일은 나에게 있을 수 없다고 여기며, 연애나 결혼은 내 삶에 없겠다고 생각했다. 그런데 그녀는 내게 다른 반응을 보였다. 그동안 고생 많았고 힘들었겠다며 오히려 나를 토닥이며 위로를 전했다. 밝은 미소만큼이나 빛나는 마음을 가진 그녀 덕분에 나도 사랑받을 수 있는 존재라는 걸 알게 되었다.

연애란 각자의 세계에 있던 두 사람이 우리의 세계라는 새로운 세상을 만들어 가는 과정이었다. 그래서 쉽지 않았다. 나의 세계에서는 당연한 것이 그녀의 세계에선 이해되지 않을 때가 많았기 때문이다. 데이트할 때면 식단 관리 때문에 메뉴 선택권은 자연스레 내가 가지는 경우가 많았다. 혈당 관리를 위해 메뉴를 정하다 보면 제한된 옵션 내에서 선택해야만 했다. 그녀는 가끔 분위기 좋은 식당에 가서 칼질도 하고 싶었지만, 난 그런 배려를 못할 때가 많았다. 그래서 이것이 상대방에게 서운함으로 다가왔고, 나에겐 미안함으로 다가왔다. 그래서 우리는 낮에는 먹고 싶은 메뉴를 마음껏 먹고, 저녁엔 소소하게 식사하며 서로를 배려했다. 활동량이 많은 낮에는 어떤 음식을 먹더라도 혈당 변동성에 대처할 수 있지만, 저녁에 먹은 음식은 다음 날 공복 혈당까지 영향을 미쳤기 때문이다. 그렇게 우리는 작은 것부터 서로를 알아가다가, 우연히 상대방에 대한 마음이 진중하고 애틋하다는 것을 알게 되었다.

추운 겨울 저녁에 우리는 카페에서 도란도란 이야기를 나눴다. 그러던 중 그녀는 진지한 표정을 짓더니 나와 함께할 미래를 그려봤다며 운을 뗐다. 그녀는 나와 결혼한다면 겪어야 하는 식단 조절에 대한 책임감이나 당뇨 합병증에 대한 걱정 등이 무겁게 느껴질 때가 있다고 고백했다. 당사자인 나도 그런 것들에 익숙해지는 데 오래 걸렸기에 당연한 고민이었다. 나 같은 사람을 안 만났다면 하지 않아도 될 고민이었을 텐데, 나는 미안할 수밖에 없었다. 옆에서 주눅 든 나를 보며 그녀는 말을 이어 나갔다. 여러 걱정과 두려움이 있지만 그동안 내가 살아왔던 삶이 자신에게 믿음을 줬다고 덧붙였다. 게다가 꾸준하게 운동하고 식단 관리하다 보면 남들보다 더 건강하게 살 거라며, 내가 당당히 어깨를 펼 수 있게 북돋았다. 나를 믿어

주며 담담하게 말하는 그녀의 모습에 나는 그 자리에서
눈물을 흘리고 말았다. 고민이 많았을 그녀가 자신 때문
에 내가 힘들어할까 봐 위로하는 그 모습이 미안하고 고
마울 수밖에 없었다. 고마움의 크기를 표현할 적절한 언
어가 있을지 의문일 정도였다. 내게 무거운 짐이었던 여
러 가지를 함께 나누겠다는 그녀의 태도에서 나는 커다란
사랑을 느꼈다. 우여곡절이 많았지만, 우리는 서서히 서
로의 일상에 스며들게 되었다.

당연한 배려는 없다

아내와 연인 사이였을 때, 우리는 분식 천국이었던 가게에 들어가서 끼니를 해결한 적이 있다. 각자 저녁에 퇴근하고 굶주린 배를 채우기 위해 급히 들어갔다. 우리는 자리에 앉아 여러 메뉴를 눈으로 대충 훑었다. 하지만 저녁이기도 해서 나에겐 선택의 여지가 거의 없었다. 결국 나는 좁은 선택지 중에서 돌솥 비빔밥을 선택했고, 아내는 라볶이를 선택했다. 그 순간 나는 아내에게 버럭 화를 내고야 말았다. 나는 저녁이라서 먹고 싶은 것을 꾹 참고 음식을 가려 먹는데, 그녀의 선택이 나를 배려하지 않는다고 느꼈기에 발생한 사고였다. 지금 생각하면 그 이유가 어이없다. 마음 가는 메뉴를 선택할 권리가 분명히 있는데, 이 순간에 나는 상대방의 메뉴 선택권까지 빼앗아버리는 독재자처럼 행동했다. 우리 식탁에는 싸늘함만이 맴돌았다. 이런 분위기 속에서 우리는 각자 꾸역꾸역 식사를 하고 금세 자리에서 일어났다. 상대방의 배려와 존중을 당연하게 여겼다가 벌어진 일이었다. 게다가 세상을 나 중심으로 해석하고 생각했기에 겪었던 일이기도 하다. 그 당시 아내에게는 참으로 미안할 뿐이다.

아내와 정식으로 만나기 전 알게 된 사실이 있다. 그녀는 디저트를 그렇게 즐기지 않는다. SNS만 봐도 온갖 먹음직스러운 디저트 광고가 넘치는데, 그녀는 별로 관심이 없었다. 게다가 카페인에 민감해서 커피도 잘 안 마셨던 아내는 대부분 차 종류를 마셨다. 우스갯소리로 아내는 아마 다른 여자였다면 같이 디저트도 안 먹어 주는 남자랑 못 만났을 거라고 얘기한다. 나도 인정하는 부분이다. 그래서 이런 인연을 만났다는 것이 참으로 감사하다. 그런데 이런 고마움이 점점 익숙해져서 내게 당연함으로 다가오곤 했다.

아내와 함께 밖에서 데이트하든, 집에서 끼니를 해결

하든 그녀는 우선 나에게 메뉴 선택권을 주는 편이다. 그러면 나는 넙죽 받아서 그 권리를 행사한다. 대부분 혈당 관리하기 편한 음식 위주로 선정하다 보니, 상대방의 욕구는 등한시한 선택일 때가 많다. 처음엔 나도 이렇게 흘러가는 게 조심스럽고 그저 고마웠다. 하지만 시간이 흐를수록 조심스럽기보다는 당당하게, 고맙기보다는 당연하게 여겼다. 그런데 일방적으로 주는 사랑은 탈이 나기 마련이다. 다른 방면으로 그녀도 원하는 게 있을 텐데, 그것조차 신경 쓰지 않는 나로 인해 그녀의 낯빛은 점점 어두워져만 갔다.

어느 날 저녁, 아내는 차 한잔하면서 이야기하자고 내게 말했다. 그런데 그런 그녀의 제안이 묵직하게 느껴졌다. 서로 따뜻한 차 한 모금으로 목을 축이던 그때, 아내가 말했다.

"나 당신과 사는 게 힘들어. 혹시 내가 원하는 게 무엇인지 한 번이라도 생각해본 적 있어?"

그 순간, 나는 말문이 막혔다. 아내가 원하는 것을 항상 염두에 두었다면 자신 있게 말했을 텐데, 나는 꿀 먹은 벙어리처럼 가만히 앉아 있었다. 사람을 좋아하는 아내는 한 번씩 깊은 대화를 통해서 교감하는 것을 좋아한다. 그리고 그 대화 자리에는 보통 술과 주전부리가 있기 마련이다. 그런데 알코올 분해력 없는 남편 때문에 술도 못 마셔, 몸 생각한다고 야식이나 디저트도 못 먹어, 아내로서는 나와 할 수 있는 게 너무 한정적이다 보니 같이 교감하며 즐길만한 게 없다는 게 문제였다. 그래서 차선책으로 생각한 것이 차를 마시는 거였는데, 이것조차도 나는 잘하려 하지 않았다. 나는 퇴근하고 집에 오더라도 저녁을 먹고 운동하기에 바빴다. 게다가 할 일 때문에 시간이 없다는 핑계를 대며 그녀의 마음을 알아주지 못했다.

돌이켜보면 나는 할 일이라는 명분 뒤에 숨어 있었다. 건강 관리, 운동, 개인 프로젝트 등 그럴듯한 이유로 포장했지만, 결국 내가 우선순위에 둔 것은 나 자신이었다. 아내가 조심스럽게 "오늘 저녁에 뭐 해?"라고 물을 때면 나는 대부분 "운동 가야 해"라고 답했다. 그 질문이 내포하고 있는 뜻을 나는 미처 알지 못했다. 그녀가 바랐던 것은 거창한 게 아니었다. 단지 함께 차 한잔하며 이야기를 나누고, 옆에 앉아서 그녀의 말에 단 십 분이라도 온전히 집중해주길 바랐을 뿐이었다. 그런데 나는 그 소박한 바람조차 들어주지 않으면서 가정을 위해 노력한다고 착각하고 있었다. 아내는 자신을 후순위로 둔다는 느낌 때문에

서운했을 것이다. 어쩌면 외로웠을 수도 있다. 한 지붕 아래 살면서도 정작 마음을 나눌 시간은 없는 남편과의 삶이 공허했을 거라는 생각도 들었다. 나 좋은 것만 하려 하고, 상대방의 바람은 저버리는 나는 아주 별로인 남자로 거듭나고 있었다. 결혼은 함께 삶을 만들어 가는 것인데, 나는 여전히 혼자 사는 사람처럼 살고 있었다. 나로 인해 겪고 있는 일상의 제약이 그녀에게 무거운 짐으로 다가온다는 사실이 안타까웠다. 게다가 나를 만나지 않았더라면 그녀가 겪지 않아도 될 일상의 불편함이 미안하게 느껴졌다. 나는 자기중심적으로 살아왔던 과거에서 벗어나 새로운 가정의 일원으로서 바뀔 필요가 있었다. 이제는 내가 원하는 삶보다는, 우리가 함께 원하는 삶을 고민해야 할 때였다. 내 건강도 중요하지만, 우리 관계의 건강도 그만큼 중요하다고 생각했다.

부부는 큰일보다는 사소한 일로 자주 다툰다는 말이 있듯이, 나는 작은 일들을 모아서 아주 큰일로 만드는 재주가 있었다. 그래서 티끌 모아 태산이 되기 전에, 나는 티끌을 만들지 않으려고 노력했다. 식사 메뉴를 정할 때도 자연스레 내가 정하기보다 상대방의 의견도 물어본다거나, 내가 술은 못 하더라도 같이 앉아서 술한잔 정도는 기울이는 시간을 가끔은 가지려 했다. 그리고 산책하다가 입이 심심하다는 아내를 위해 과자 한 봉지를 사주며 상대방의 욕구도 채워주려 했다. 그녀의 일상도 즐거웠으면 했다. 그래서 밝은 미소가 얼굴에 항상 남아 있길 바랐다.

아직 갈 길이 멀지만, 무엇이 아내를 위한 것인지 그리고 우리를 위한 것인지 요즘도 계속 고민하고 있다. 이 고민 뒤에는 항상 다음과 같은 생각이 자리하고 있다. 내가 이렇게 건강을 유지하며 일상을 지킬 수 있는 것은 항상 나를 사랑하고 지지해주는 사람 덕분이라고. 특히 가족 덕분이라고. 다른 것은 다 잊어버려도 이 사실만큼은 뼈에 새겨 기억에 남기려 한다.

다르다고 해서
숨을 필요 없음

어느 날, 친구들과 카페에 앉아서 커피와 디저트를 먹으며 신나게 대화를 나눴다. 그렇게 디저트를 먹은 지 삼십 분이 흘렀을까. 올라가는 혈당을 진정시키기 위해 나는 가방에서 주섬주섬 무언가를 꺼냈다. 내 동공은 구슬이 굴러가듯이 이리저리 주위를 살피게 됐고, 심장은 폴짝폴짝 뛰기 시작했다. 나는 계획한 대로 하나씩 실행에 옮겼다. 비닐에 싸여 있는 알코올 솜을 배에 문지르고, 손바람으로 대충 말린 후 주삿바늘을 배에 냅다 꽂아 버렸다. 별일 아닌 것처럼. 나는 주위를 둘러봤다. 함께 있던 사람들은 내가 뭘 했는지 신경 쓰지 않는 듯했다. 게다가 같은 공간 속에서 나를 지나치는 수많은 사람도 눈길조차 주지 않았다. 이때 나는 알게 됐다. 사람이란 원래 주위에 큰 관심을 주는 존재가 아니라는 것을. 나는 요즘 밖에 있을 때도 인슐린 주사를 자연스럽게 맞고 있다. 하지만 이렇게 하게 된 것도 얼마 되지 않았다.

예전의 나는 항상 식당에서 인슐린 주사를 맞기 위해 화장실로 향했다. 매번 그렇게 사라지는 나를 보며 함께 밥 먹던 사람들이 내 장을 걱정해줄 정도였다. 그래서 화장실까지 가는 데 시간이 걸리면 나는 최대한 빨리 제자리로 돌아가기 위해 안간힘을 썼다. 마치 특수 임무를 맡은 요원을 방불케 했다. 요원이 총탄에 총알을 갈아 끼우듯이, 나는 주사기에 주삿바늘을 빨리 갈아 끼우고 알코올이 마르기도 전에 바늘을 쐈다. 곧이어 임무를 마친 나는 아무 일도 없다는 듯이 다시 제자리로 복귀했다. 이렇게 쭉 살아왔으니 내겐 자연스러운 일상이었다. 하지만, 이 일상은 어디까지나 나에게만 익숙했다.

아내와 연인이 된 지 얼마 안 됐을 때였다. 우리는 설레는 마음으로 맛집에 가서 자리에 앉았다. 그렇게 맛있는 음식을 먹던 도중, 나는 자연스럽게 자리에서 또 일어나

임무를 수행하러 화장실에 갔다. 내가 그 임무를 마치고 자리에 돌아왔을 때, 그녀는 어두운 표정으로 이렇게 말했다.

"자기야. 나랑 있을 땐 그냥 여기서 인슐린 주사 맞도록 해. 주위 시선 신경 쓰지 말고!"

이 한마디가 평소의 나를 돌아보게 해줬다. 주위 시선을 신경 쓰며 눈치 보는 게 당연했던 내 일상이 그녀에게는 어색할 수밖에 없었다. 덧붙여 그녀는 내가 밥 먹다가 화장실에 가버릴 때면, 혼자 있어야 하는 그 순간에 적막이 흐르는 게 싫다고 했다. 나와 만나는 처지에서 충분히 할 수 있는 생각이었다. 그녀의 입장을 세심하게 챙기지 못한 나를 반성하게 된 순간이었다. 게다가 밥 먹을 때마다 사라지는 내가 안쓰러웠는지 나를 배려해주는 그녀의 사랑을 느끼기도 했다. 이때부터였다. 내가 남들을 의식하지 않고 앉은 자리에서 주사를 맞기 시작했던 순간이. 물론 그 과정이 쉽지는 않았다.

나는 1형 당뇨와 함께한 이후로 경험했던 모든 일들을 이렇게 해석했다. 내가 남들과는 다른 몸을 가졌기 때문에 겪는 일이라고. 이런 생각 때문에 나는 자신을 문제 있는 사람으로 여기곤 했다. 그래서 자존감이 바닥을 쳤던 나는 점점 남의 눈치를 보게 됐다. 내가 남들과 다르게 행동하면 상대방이 나를 이상하게 보지 않을까 늘 우려했다. 어느 순간부터 그들과 내가 다르지 않다는 걸 증명하기 위해 산다고 여겨졌다. 어릴 때부터 비교적 최근까지 나는 그렇게 피곤한 삶을 살았다. 그러다 시간이 흘러 고맙게도 그녀 덕분에 깨달았다. 그토록 피곤하게 살 이유가 없다는 것을. 나는 불편한 몸이지만 그냥 있는 그대로를 받아들이자고 마음먹었다. 그리고 이 결심을 단적으로 가장 잘 보여주는 행위가 밖에서 인슐린 주사를 서슴없이 맞는 것이라 여겼다. 일상에서 온전히 나로 존재할 수 있게 해주기 때문이다. 그래서 나는 마음먹은 것을 실천하기 위해 거듭 연습을 이어 나갔다. 물론 처음에는 손이 나가지 않았다. 가방 안에서 주사 용품을 꺼내는 것부터가 어려웠다. 남들이 나를 이상하게 보지는 않을지 괜히 혼자 눈치 보며 전전긍긍하기 일쑤였다. 하지만 해내고 싶었다. 더 이상 숨고 싶지 않았다. 다른 사람 앞에서 내가 나를 당당하게 받아들이는 모습을 보여주고 싶었다.

이 바람을 이루기 위해 나는 삐그덕대는 로봇처럼 보여도 남들 앞에서 기어코 주사를 맞았다. 그 횟수가 점차 늘어날 때마다 마치 나를 있는 그대로 받아들이는 수행처럼 느껴졌다. 반복된 수행 덕분이었을까. 어느 순간부터 나는 남들이 보든 말든 내 피부에 바늘을 꽂기 시작했다. 더 나아가서는 서슴없이 채혈해서 혈당도 측정하곤 했다. 이 순간 나는 가슴이 뻥 뚫린 듯한 해방감을 느꼈다. 이제 더 이상 화상실에 숨어서 수사를 맞지 않아도 되는 현실이 무척이나 감사했다. 지금이라도 중요한 게 무엇인지 알아서 다행이다.

나는 지나온 과거를 부정했던 적이 많다. 그런데 나를 받아들일 때 비로소 당당해질 수 있다. 오늘도 나는 이 사실을 어떻게 삶에 잘 녹이며 살아갈지 고민하는 중이다. 눈치 보지 않고 당당하게.

무엇과도 바꿀 수 없는
하루 이십 분

내 하루 시간표에는 대체로 산책이 포함되어 있다. 못해도 일주일에 세 번은 하려고 노력한다. 성인이 된 이후 지금까지 이어진 산책 경력은 무려 십오 년이 넘었다. 태풍이나 홍수와 같은 천재지변이 일어나지 않는 이상 내 발걸음은 밖으로 뚜벅뚜벅 향한다.

산책의 첫 시작은 오로지 혈당 관리 때문이었다. 건강에 관심이 많은 요즘 시대에 식사 후 십 분이라도 산책하면 좋다는 이야기를 듣곤 한다. 식사 후에 찾아오는 혈당 스파이크를 잠재울 수 있기 때문이다. 산책은 분명 밥을 먹고 하염없이 올라가는 혈당에 확실하게 제동을 걸어 줬다. 연속 혈당 측정기의 혈당 그래프가 급격하게 오르다가도 이내 고꾸라지는 것을 확인할 수 있다. 평상시보다 힘껏 땅을 박차고 나아가는 파워 워킹이 더 효과적이지만, 설렁설렁 산책하더라도 그 효과를 톡톡히 누릴 수 있다. 앞에서 이야기한 것처럼 나는 처음 몇 년 동안은 꾸역꾸역 산책했다. 오로지 혈당을 낮추기 위해서. 몇 년을 꾸준히 걸었더니 나는 점차 산책의 다른 효과를 체감하기 시작했다. 몸이 축 처질 정도로 마음이 울적할 때 걸으면 누군가 내 어깨를 토닥여주는 것 같았고, 마음이 평온한 상태에서 땅을 박차고 걸으면 내일을 살아갈 힘을 얻을 수 있었다.

이런 효과와 더불어 한 가지 더 느낀 점이 있었으니, 그것은 자유였다. 내가 걷고 싶을 때 마음껏 걸을 수 있다는 사실이 내 마음에 날개를 달아주는 듯했다. 게다가 무언가의 도움 없이 오로지 내 두 다리로 어디든 갈 수 있다는 게 감사하게 느껴졌다. 그렇게 일상이 산책에 물들어갈 때쯤, 나는 또 생각했다. 이 자유로움을 어떻게 오래 누릴 수 있을지를.

요즘 산책로를 나가보면 뛰어다니는 사람들을 많이 목

격한다. 젊은이부터 중장년층까지 뛰고 있는 그들의 모습을 보면 러닝에 진심인 것 같다. 뛰는 형태는 모두 제각각이지만 그들의 모습에서 나는 공통점을 발견할 수 있었다. 뛰고 있는 그들의 얼굴빛이 누구보다 좋아 보이는 것이다. 뛰다 보면 힘들어서 죽을상을 할 수도 있는데 오히려 그들의 낯빛은 환해 보였다. 게다가 운동 중 흘러내리는 땀은 방금 닦은 구두처럼 그들의 피부에 광이 나도록 해줬다.

산책하다가 그 광경을 지켜보던 나도 어느샌가 달리고 있었다. 학창 시절 오십 미터 단거리 기록도 평균 이상으로 잘 나왔기에 달리기라면 자신 있었다. 하지만 곧 그것은 자신감이 아니라 무모하다는 것을 알게 되었다. 고작 운동장 한 바퀴 거리를 달렸을 뿐인데 나는 기진맥진했다. 오랜만에 달렸다 하더라도 심장은 '나 죽네. 죽어' 하며 요동을 쳤고, 폐는 이 세상 모든 산소를 마실 것처럼 거친 호흡을 했다. 게다가 다리도 힘이 풀려 금방 주저앉을 뻔했다. 그동안 산책만을 고집하며 살아왔던 내가 위기의식을 느낀 순간이었다. 이때 깨달았다. 내가 오랫동안 산책을 하기 위해서 필요한 게 무엇인지를. 그것은 이전보다 향상된 심폐 지구력과 더 튼튼한 하체 근력이었다. 그렇게 세대를 아울러서 온 국민에게 러닝 열풍이 불 때, 그 뜨거운 열기가 내 마음도 움직이게 했다. 그리고 나는 미처 알지 못했던 세계에 진입하게 됐다.

나는 산책할 시간에 달리기도 겸하기 시작했다. 걷기와 뛰기를 번갈아 하면서 그동안 숨만 쉬고 있던 심장과 폐를 조금씩 자극했다. 산책에만 익숙했던 장기가 처음에는 적잖이 당황한 것처럼 보였다. 하지만 사람이 적응하는 동물인 것처럼, 오장육부도 빠르게 적응해갔다. 조금만 뛰어도 벌렁거리던 심장은 점점 안정적으로 뛰기 시작했고, 터질 것 같았던 폐도 점점 더 안정적으로 공기를 순환했다. 게다가 뛰기만 하면 나사 하나가 풀린 듯한 두 다리에도 조금씩 힘이 생겼다. 시간이라는 자원을 투입해보니, 오합지졸이었던 내 몸의 구성 요소가 점점 업그레이드됐다. 지금도 나는 초보지만 다치지 않고 조금 더 수월하게 달리는 것에 만족하며 달리고 있다.

그렇게 뛰는 날들이 하루이틀 늘어날수록 나에게 변화가 생겼다. 가장 달라진 것은 바로 체력이었다. 내게 보조 배터리가 하나 더 생긴 덕분에 퇴근 후 집에 돌아와도 무엇을 더 할 수 있는 여유가 생겼다. 좋아진 체력 덕분에 세상을 대하는 태도도 이전보다 조금 더 너그러워졌다.

넘지 못할 산을 만난 것 같은 어려움에도 맞서 싸울 깡다구도 내 안에 적립되었다. 내가 과연 잘할 수 있을까 하는 우려와 걱정보다는, 어떻게든 될 거라며 너스레도 떨 줄 알게 됐다. 체력만 달라져도 삶의 많은 부분이 달라진다는 것을 실감하게 됐다.

여기에 더해서 나에게는 러닝을 할 수밖에 없는 이유가 하나 더 있었다. 달리기 시작한 이후 혈당 관리가 더 편해졌다는 것이다. 산책으로만 주로 혈당 관리를 했을 때와 비교해서 달리는 날에는 관리가 훨씬 더 수월해졌다. 그것은 연속 혈당 측정기 그래프만 봐도 알 수 있다. 식사한 직후에 산책이나 러닝을 하면 우상향하던 혈당 그래프가 꺾여서 똑같이 하강하는 모습을 보여주긴 한다. 하지만 식사를 한 이후 꽤 시간이 지나면 그래프에서 차이를 보였다. 러닝을 한 이후에는 혈당이 꽤 평탄하게 유지됐다. 탄수화물에 비해 단백질이나 지방이 많은 음식은 혈당을 천천히 오랫동안 상승시킨다. 그래서 고기를 많이 섭취하면 내 몸 안에 잉여 에너지 자원으로 남아 있게 된다. 이것을 적절한 운동으로 칼로리 소모를 해주면 좋지만, 그렇지 않으면 지방으로 전환되거나 혈당을 올리는 주범으로 작용하곤 한다. 산책 같은 가벼운 움직임은 혈당 상승을 저지하는 데에는 도움을 줄 수 있지만, 남은 자원을 처리하는 데에는 무리가 있다. 그래서 식사를 과하게 한 날에는 산책해도 혈당이 서서히 올라 추가로 인슐린을 투여해야 할 때가 많았다. 반면에 달리면 내 안에 지방이 쌓이거나 잉여 에너지로 저장될 틈이 없다. 그 결과 식사 후 혈당이 완만하게 유지되는 경우가 많았다. 달리면 인슐린을 추가로 주사한 것과 같은 효과를 누릴 수 있었다. 많은 시간을 할애할 필요도 없다. 하루에 이십 분이면 충분하다. 게다가 달릴 때면 내 마음에 훈풍이 불곤했다.

코와 입으로 습습후후 하며 달리는 동안, 내 머릿속을 어지럽히는 먼지 같은 고민과 잡념이 호흡과 함께 사르르 녹아 없어졌다. 내 마음을 달리기로 청소하다 보니 마음속에 응어리가 쌓일 틈도 없었다. 마음에 훈풍이 부는 날에는 혈당도 덩달아 안정적으로 유지됐다. 그렇게 러닝으로 몸과 마음이 함께 미소를 지을 무렵, 십 킬로미터 마라톤에 참여해보자고 아내가 제안했다. 평소의 나라면 망설였을 테지만, 나는 그 제안을 기다렸다는 듯이 덥석 물었다.

이른 새벽 아침, 선선한 공기를 마시며 아내와 나는 결전의 장소로 향했다. 나는 처음 해보는 마라톤이었기에 만반의 준비를 했다. 저혈당을 방지해야 했기에 주머니엔 사탕을 두둑하게 챙겼으며, 양손에 꿀물 통과 핸드폰을 하나씩 쥐었다. 최대한 홀가분하게 뛰고 싶었지만, 연당기 그래프를 보면서 뛰어야 했기에 핸드폰은 손에 들 수밖에 없었다. 하지만 이건 그리 중요한 문제는 아니었다. 내가 마라톤하기 위해 그 많은 군중 속에서 섞여 있다는 그 사실이 중요했다. 한 시간 삼십 분 안에 결승선에 도달하면 되는 것이었다. 나는 결승선에 도달한 이후 내 모습이 궁금해졌다.

출발선상에서 이런 궁금증을 안고 있다가 출발 신호와 함께 힘차게 뛰었다. 초반에는 아내와 함께 페이스 조절을 하며 살랑살랑 뛰었다. 나는 혈당이 내려가는 걸 방지하기 위해 입안에 사탕을 두 개씩 물고 뛰었다. 사탕의 그 단맛에 혀가 마비돼서 얼얼할 정도였다. 그렇게 나는 입안에 퍼지는 단내를 느끼며 결승선으로 향했다. 평상시에 러닝을 조금씩 했던 덕분이었을까. 생각보다 호흡도 부드러워서 페이스 조절이 그리 어렵지 않았다. 혈당도 제법 안정적으로 유지된 덕분에 마음 놓고 마라톤에 집중할 수 있었다.

아내와 나는 생각보다 우여곡절 없이 달리고 또 달렸다. 결승선까지 일 킬로미터 정도 남아 있을 때, 나는 모든 힘을 두 다리에만 집중시켜 전력을 다해 뛰었다. 마침내 결승선을 통과했다. 완주 기록은 한 시간이었다. 이 기록이 일반적인 성인 남성의 기록보다는 약간 느린 수준이라고 한다. 하지만, 이 시간 동안 나는 아무런 사고도 없이 무사히 결승선에 도착한 것만으로도 감사했다. 게다가 도전조차 하지 못했던 지난 과거에서 벗어난 것 같아 큰 의미가 있었다.

내 두 다리로 결승선에 도달했듯이, 내 삶도 조금 더 능동적으로 살아야겠다는 생각이 들었다. 이런 태도를 꾸준히 유지하는 것만이 내가 진정으로 원하는 자유에 조금 더 가까워지는 길이라 생각한다. 무심코 시작했던 산책과 달리기는 지금까지도 나에게 신체적 자유로움을 넘어 삶의 능동성을 부여해주고 있다. 능동적으로 산다는 것. 내 두 다리가 자유롭게 움직이는 그날까지 유지하고 싶다.

들숨과 날숨 사이

은은한 조명 몇 개가 놓인 어두운 공간 속. 잔잔한 물결 같은 음악의 흐름에 따라 모든 사람이 비슷한 자세를 취하고 있다. 목부터 어깨, 옆구리, 복부와 허리 그리고 하체의 근섬유를 본인이 할 수 있는 수준까지 늘려주는 게 핵심이다. 처음에는 근육이 찢어질 듯이 아프고 저리기 일쑤였다. 다행히 시간이 갈수록 그 고통은 아픔을 넘어서 짜릿함으로 다가왔고, 어느새 나는 그 고통을 즐기게 되었다. 게다가 동작 중에 후각 세포를 보듬어주는 차분한 향기는 그날의 잡념을 호흡과 함께 사라지도록 도와줬다. 등을 타고 흐르는 땀줄기는 그날의 번뇌를 조금이나마 씻어 줬다. 이렇게 오감을 어루만져주는 분위기에 취하면 파도처럼 요동치던 내 마음도 언제 그랬냐는 듯이 잠잠해졌다. 잠시지만 이 시간만큼은 내 육신이 편안해질 수 있었다. 그렇게 요가가 내 삶에 들어왔다.

내가 요가를 처음 만났을 때는 1월의 추운 겨울이었다. 두 번째 사춘기가 왔는지 유독 마음이 시리고, 힘들게 느껴질 때가 있었다. 미래에 대한 괜한 걱정과 근심이 생각보다 무겁게 느껴졌다. 내가 그토록 바랐던 약사가 되었건만 적성을 운운하며 초심을 잃게 된 나를 마주하게 되었고, 빠르게 변하는 사회에서 내가 과연 살아남을 수 있을지에 대한 의구심도 들었다. 더불어 앞으로 살면서 해야 할 과제가 산더미처럼 쌓여 있는데, 혈당 관리가 내 발목을 잡는 것처럼 느껴졌다.

내 안에는 언제나 그렇듯이 불평불만이 용암처럼 들끓고 있었다. 그 이전의 나는 입에 적당히 풀칠만이라도 하면서 살 수 있다면 그것만으로도 좋다고 생각했다. 하지만 어느샌가 나는 감사함을 잊어버리고 경망스럽게 타락한 자신을 마주하고 있었다. 이러한 변화는 주위 사람들에게 구린내를 풍기는 꼴이었다. 악취 풍기는 내 모습을 가장 가까이에서 지켜보는 사람은 아내였다. 그녀는 한 번씩 내게 쓴소리하며 내가 갈피를 못 잡고 있을 때마다 정신을 차리게 해줬다.

그러다 이번에는 다른 방식으로 내게 자극을 줬다. 요기니였던 아내는 요가가 내게 어울릴 것 같으니 한번 해 보라며 제안했다. 게다가 요가의 그 정적임이 흔들리고 있는 내 마음을 붙잡아 줄 거라고 확신했다. 나를 누구보다 잘 알고 있던 상대방의 제안이었기에, 나는 그것을 선물처럼 받아들여 곧장 실행에 옮겼다.

요가원 분위기는 원장님들의 개성을 담고 있는 경우가 많았다. 집 근처에 수많은 요가원을 검색해봤더니, 고즈넉한 분위기를 내뿜는 곳이 내 눈에 들어왔다. 아무것도 몰랐던 나는 마음이 이끄는 대로 그곳으로 발걸음을 옮겼다. 나는 처음으로 입어보는 레깅스 달린 바지와 몸에 착 달라붙는 상의를 입고 자리에 앉았다. 그런데 주위를 둘러봤더니 나를 제외한 모든 사람이 여성이었다. 나는 괜히 혼자 남자라는 생각에 쑥스러웠다. 게다가 대부분 실루엣이 다 드러나는 옷을 입고 있어서 시선 처리를 어떻게 해야 할지도 막막했다. 나는 혼자 속으로 북 치고 장구 치며 어쩔 줄 몰라 하다가 기어코 해법을 찾았다. 그냥 눈을 감으면 됐다. 눈을 감고 오로지 선생님의 말소리에만 주의를 기울였다. 잘 모르는 자세를 취할 때는 한 번씩 선생님 자세를 커닝하며 오로지 내 동작에만 집중했다. 잠깐이지만 그 순간 나는 도를 닦듯이, 내면의 잡음과 호흡에만 점점 빠져들 수 있었다. 물론 자세는 어정쩡했지만 내가 이곳에 온 이유를 되짚어 봤다. 그 이유는 내 안에 득실거리며 자신을 갉아먹고 있던 잡념을 하나씩 내려놓기 위해서였다. 이곳에서 조금씩 내려놓는 연습을 하면서 내 마음이 조금이나마 편해지길 바랐다. 그렇게 나는 눈을 감고 최대한 내 동작에만 집중하며 수련을 이어 나갔다.

수련의 마지막은 우리말로 시체 자세라 불리는 동작으로 마무리된다. 말 그대로 시체처럼 온몸의 힘을 풀고 모든 걸 내려놓는 것이 핵심이다. 이 자세를 할 때 주의할 점은 눈을 감은 상태로 몸은 이완되어 있지만 정신은 깨어 있어야 한다는 거다. 물론, 퇴근 후 고단한 몸을 이끌고 왔던 나에게 시체 자세는 잠자기에 안성맞춤인 자세였다. 심지어는 나도 모르게 코를 골아 다른 사람들의 웃음을 사기도 했다. 나 같은 초보 수련자는 눈을 감고 누워 있는 상태에서 정신을 온전히 유지하기가 여간 쉽지 않은 일이었다. 하지만 연습하면 못 할 게 없다는 말이 있듯이, 수련하는 날이 일주일이 되고, 한 달이 지나니까 정신이 점점 또렷해지는 시간이 점점 늘어났다. 짧지만 나는 이 순간에 자신을 옭아맸던 잡념에 대해서 객관적으로 바라볼 수 있었다.

나는 버릇처럼 알 수 없는 미래에 대해 불안한 서사를 써 내려가고 있었다. 마치 그 시나리오대로 남은 인생이 흘러가기를 바란 것처럼 보였다. 예를 들어 나이가 들면서 여러 가지 변수가 있을 텐데, 지금처럼 혈당을 유지하며 사는 게 더 어려워지는 것 아닐까 하는 생각이었다. 게다가 이런 부질없는 생각 때문에 현재 상황에 감사함을 잊고 있었다. 약사가 돼서 내 삶을 잘 꾸려나가는 것이 과거에 내가 바랐던 모습이었다. 하지만 화장실 들어갈 때와 나올 때 마음이 다르다는 말처럼, 어느새 나는 일상의 타성에 물들어 있었다. 이렇게 나는 누운 채로 이런저런 생각을 하며 자신을 돌아봤다. 짧은 몇 분이었지만 이 시간이 점차 쌓이다 보니 먼지 끼어 있던 내 생각을 조금씩 청소할 수 있었다. 호흡을 청소기 삼아서 누워서 부풀었다가 꺼지는 복부에만 집중하다 보면 내면이 깨끗해졌다. 어느 순간부터 나는 그 느낌에 중독되어 요가원을 제 집

드나들 듯이 다녔다. 그러다 나는 요가에 반년 이상 빠져서 요가 지도자 자격증을 취득하는 단계까지 이르게 되었다. 어쩌다 시작한 요가는 내 삶을 조금씩 바꿔줬다.

내가 요가를 시작하고 나서 가장 크게 체감한 변화는 혈당이었다. 요가하기 전에는 음식을 배부르게 먹을 수 없다. 오장육부를 가득 채운 상태로 수련하면 동작 중에 큰 변을 당할 수도 있기 때문이다. 자세한 것은 상상에 맡기겠다. 하지만 공복으로 수련하다 보면 허기가 져서 수련하는 동안 힘에 부칠 수도 있다. 그래서 나는 포만감을 느끼지 않는 선까지만 무엇을 간단히 먹고 수련한다. 이렇게 적게 섭취하면서 요가 수련을 하면 열량 소모가 생각보다 크다는 것을 경험했다. 직접 체험해보면 요가 동작 하나하나가 전신의 근섬유를 자극한다는 것을 느낄 수 있다. 대부분 자세가 정적으로 보이지만 난이도가 어려워질수록 버티는 코어의 힘과 유연성이 필요할 수밖에 없다. 유산소 운동과 근력 운동을 동시에 하는 셈이다. 그래서 요가 수련을 한두 시간 하고 나면 기진맥진한 경우가 많다. 즉, 적게 먹고 운동하다 보니 혈당을 안정적으로 유지하기에는 최상의 조건이었다. 수련을 열심히 한 날에는 오히려 저혈당을 경험하기도 했고, 무엇을 먹고 인슐린을 투여하지 않은 채 수련해도 혈당에 큰 지장이 없을 때도 있었다. 이처럼 나는 요가 수련 덕분에 인슐린 민감도가 증가하면서 육체가 점점 건강해지는 것을 체험할 수 있었다.

육체의 건강함과 더불어 내 정신도 이전보다는 점점 더 탄탄해지는 걸 느꼈다. 요가하다 보면 자연스레 명상할 수밖에 없다. 명상이라고 해서 거창할 게 없다. 그냥 눈을 감고 자신의 호흡에만 집중하면 된다. 그래서 신호등에 서서 불이 바뀌는 것을 기다리고 있는 도중이나, 통근 시에 대중교통 안에서 잠시 틈을 내서도 충분히 할 수 있다. 복부의 움직임에만 집중하는 복식 호흡을 짧게라도 하고 나면 나를 괴롭히던 잡념이나 근심을 호흡과 함께 날려버릴 수 있었다. 실제로 복식 호흡법은 우리가 휴식을 취할 때 활성화되는 부교감 신경을 자극해서 스트레스를 완화하는 효과가 있다고 알려져 있다.

긴장하면 몸이 얼어붙는 것처럼, 마음이 이완되면 덩달아 우리 몸도 이완돼서 혈당이 안정화되는 경우가 많다. 그래서 일상에서 여러 자극에 노출된 현대인에게 명상이 꼭 필요한 요소라는 생각도 들었다. 그렇게 요가에 흠뻑 빠졌던 나는 오장육부를 비우는 동시에, 명상과 함께 내면의 케케묵은 생각들을 털어내면서 이전보다는 몸과 마음이 단단해지는 걸 느꼈다.

요가의 매력에 사로잡혔던 나는 요즘은 방구석에서 혼자 수련을 한다. 물론 요가원에 가서 하는 수련 효과가 더 뛰어나지만, 방구석 매트 위에서 하는 수련도 나름의 매력이 있다. 아무도 없는 공간에서 고요한 상태에 있다 보면 내면을 잘 들여다볼 수 있었다. 그래서 마음이 어지럽다는 생각이 들면 나도 모르게 매트 위에 올라가곤 한다. 나에게 휴식처가 돼주는, 각성과 흥분이 만연한 사회 속에서 나를 온전하게 유지해주는 수단을 하나라도 장만한다면, 이보다 더 든든한 지원군도 없을 거로 생각한다.

할 수 있다는 마음

11월 초겨울, 온통 하얀색 배경인 공간에 나는 우두커니 홀로 서 있었다. 추워 죽겠는데 하의만 입고 상의는 벗은 상태로. 게다가 피부에는 근육의 선명도를 위해 기름이 듬뿍 묻어 있었다. 곧이어 카메라 셔터음에 따라 번쩍이는 조명이 나를 저격했다. 그 순간, 나는 세상에서 가장 멋있는 남자가 된 것처럼, 멋있는 표정과 자세를 취했다. 복근의 선명도를 위해 기침까지 하면서. 이 장면은 태어나 사진이라고는 증명사진밖에 없었던 내가 보디 프로필을 찍기 위해 노력했던 순간이다. 이 기록을 남기겠다고 마음먹은 것은 약 육 개월 전이었다.

키 184센티미터에 몸무게 68킬로그램, 이 수치는 보디 프로필 촬영 전 내 신체 프로필이다. 성인이 된 이후로 십 년 이상 가장 오래 유지한 수치다. 숫자만 놓고 봤을 때 왜소하냐는 느낌이 딱 들 것이다. 평상시 나는 말랐다는 말을 인사말처럼 듣고 살았다. 내 몸무게는 그대로인데 오랜만에 만난 친구는 살이 더 빠졌다며 놀라기도 했다. 어쩌다 한 번 듣는다면 모를까 언젠가부터 말랐다는 게 내게 스트레스로 다가왔다. 속에서 '식단 조절 때문에 체중에 큰 변화가 없다. 당신이 그 스트레스를 아느냐?'라는 말이 갑상샘까지 치고 올라왔다가 이내 삼킨 적이 한두 번이 아니었다.

그 스트레스를 조금이나마 줄이기 위해 옷도 한 치수 위로 입어 실루엣을 감추려 해보았고, 평상시보다 먹는 양을 늘리고 근력 운동을 하며 체중을 늘려보려 했지만 큰 변화가 없었다. 그동안 지켜오던 식단에서 벗어나 먹는 양을 늘린다는 게 특히 어려웠다. 잘못 늘렸다가 오히려 혈당 변화에 악영향을 줄 것 같다는 불안감이 엄습했기 때문이다. 그래서 밥 한두 숟가락 더 먹거나, 고기 몇 점을 더 먹으면서 소극적으로 대응했다.

그러다 결국 그냥 생긴 대로 살자고 단념했던 적이 많았다. 드문드문 스트레스를 받아서 소극적인 대응을 하고, 그러다 혼자 낙담하는 생활을 반복했다. 나는 그 굴레에서 벗어나기 위해 새로운 세상에 눈을 돌리기 시작했다.

내 주위에는 나처럼 왜소한 체격 때문에 고민인 친구가 한 명 있었다. 그런데 오랜만에 만난 이 친구의 체격이 달라져 있었다. 전완근부터 이두와 삼두근까지 굵어져 있었고, 등과 어깨는 전보다 늠름해 보였다. 더불어 가슴도 뽕을 넣은 것처럼 부풀어 있었다. 친구는 나와 만나기 몇 달 전부터 전문가의 도움을 받아서 운동 센터에서 열심히 운동 중이라고 말해줬다. 이전보다 많이 먹으면서 정확한 방법으로 근력 운동을 한 결과라며 나에게도 추천해줬다. 이 당시만 해도 나는 혈당 관리 때문에 소식좌처럼 살아왔었기에, 많이 먹는 것에 대한 부담감이 있었다. 체격이 커지려면 많이 먹어야 한다는 건 누구나 아는 사실이다. 하지만 나는 적당히 먹으면서 혈당 관리하는 것에 익숙해져 있어서 이 방식에서 벗어나는 게 쉽지 않을 거로 생각했다. 친구의 제안이 번뇌의 굴레에서 벗어날 기회 같았지만, 한편으론 내 안의 관성이 나를 붙잡고 있었다. 그렇게 변화의 기회를 외면하려던 그때, 아내가 함께 운동해

보자고 제안했다. 혼자 하면 힘들 수 있으니 같이 해보자는 것이었다. 그녀도 왜소한 체격이었기에 운동을 통해서 더 건강한 삶을 살고 싶다고 말했다. 게다가 다부진 몸을 만들어서 사진으로 남겨보자고 했다. 목표를 잡고 기간을 설정해서 운동하는 것이 효율적일 거 같아 솔깃했다. 우리는 그 기간을 육 개월로 잡고 도전해보자고 입을 맞추었다. 돌이켜보면 그녀는 마라톤에 이어서 내가 변할 기회의 문턱에서 항상 힘이 돼주었다. 인생은 타이밍이라는 말이 있듯이, 변하겠다는 생각과 이것이 실현될 기회를 동시에 만나는 것도 쉽지 않기에 우리는 곧장 운동 센터로 달려갔다.

평일 저녁, 우리는 퇴근 후 꿈을 이루어 줄 운동 센터에 도착했다. 그 공간에는 운동 기구가 즐비했기보다는 꼭 필요한 것만 있었다. 그리고 이곳에서 운동하는 각자의 땀방울이 뒤섞여 체취로 남아 있었다. 신기하게도 그 냄새가 거북하기보다는 은은하게 느껴졌다. 그렇게 내부를 뚫어져라 보고 있는 우리를, 푸근한 아저씨가 맞이해줬다. 우리는 그분을 팀장님이고 불렀다. 팀장님은 걷는 자세부터 표정까지 자신감과 여유가 배어 있었다. 본인이 드러내지 않아도 아우라가 느껴졌다. 이때 나는 생각했다. 사람을 외모로 판단하면 안 되지만, 곁에서 풍기는 분위기가 중요하겠다고. 몸 좋은 사람은 그동안 많이 봤지만, 팀장님은 그 결이 달라 보였다. 우락부락한 근육이 아니라 자신에게 가장 어울리는 근육을 옷처럼 입은 느낌이었다. 자연스러워 보였다. 그 순간 나도 저렇게 되고 싶다는 생각이 들었다. 그런 팀장님에게 매료되었던 우리는 각자의 이상향을 말씀드렸다. 나는 몸무게를 최소한 74킬로그램까지 만드는 것을 목표로 잡았고, 그녀는 체지방률을 낮추고 근육량을 늘려보기로 했다. 이렇게 목표를 세우고 우리는 함께 육 개월이라는 기간 동안 열심히 달릴 준비를 했다.

운동 전 인바디를 측정해봤더니 골격근량이 35킬로그램 정도로 체중의 절반 정도였고, 체지방률은 약 10퍼센트로 측정됐다. 내 체중에 비해서 골격근량은 양호한 정도고 체지방률은 낮게 유지하고 있다고 했다. 프로 보디빌딩 선수의 목표 체지방률이 보통 5퍼센트 미만이라고 하니, 내가 몸 관리를 못한 게 아니었다는 걸 확인할 수 있었다. 게다가 팀장님은 체격이 있어 보이려면 체지방량도 같이 늘어야 하기에 운동하는 동안에 탄수화물 섭취를 더 늘릴 것을 제안했다. 그동안 내가 해왔던 식단 관리 방식은 지키되 단백질과 탄수화물 섭취량을 평소보다 1.5배는 더 섭취해야 원하는 목표에 도달할 것 같다고 덧붙였다. 또 주 3회 훈련을 진행하고, 나머지 시간에는 개인 운동을 병행했다. 그렇게 나는 주중에 5일을 퇴근하고 저녁에 운동인으로 거듭나게 되었다.

전문가와 함께한 훈련은 혼자 하는 것과는 차원이 달랐다. 우선 나는 운동 방법부터 자세까지 순 엉터리로 운동했다는 것을 알게 됐다. 집중적으로 자극을 줄 부위에 어떤 각도로 자세를 취할지, 덤벨을 어떤 방식으로 잡을지, 다리를 얼마나 벌릴지 등에 따라 운동 효과가 다르게 나타났다. 근력 운동이란 관절과 근육을 적절하게 조화시켜야 의미가 있는 종합 예술처럼 느껴졌다. 그렇게 나의 근육 세포를 점점 파괴하고 회복하는 과정을 겪으면서 내 몸의 인슐린 수용체도 그만큼 민감해졌다. 근력 운동을 하는 동안 연당기 그래프는 자주 아래로 향하는 모습을 보여줬다. 그러면 나는 꿀물을 생수 마시듯 벌컥벌컥 마실 수밖에 없었다. 그래서 운동하는 육 개월 동안 인슐린을 최소한으로 투여하며 지냈다. 근력 운동의 위대함을 몸소 느낀 덕분이었다. 더불어 이렇게 운동을 열심히 하다 보니 잘 먹어야 운동한 보람이 있겠다는 생각도 들었다. 상처 난 근육 세포에 적절한 영양이 공급되어야 근육이 성장하고, 제대로 먹지 않으면 운동 효과가 반감되기 때문이다. 혈당 관리 때문에 섭취량을 갑자기 늘리는 게 덜컥 겁이 났지만, 운동을 하려면 살기 위해서라도 먹어야 했다. 그래서인지 늘어난 먹는 양에 대한 두려움 따위는 느낄 새도 없었다.

운동하는 동안 하루 세 끼와 더불어 식사 중간에 간식을 추가하는 게 기본 식단이었다. 식사할 때는 양질의 단백질을 평소 식단에 추가해서 먹었다. 아침에는 소고기와 훈제 오리고기를 먹었고, 점심과 저녁에는 닭가슴살을 200그램씩 섭취했다. 특히 닭가슴살을 먹는 것이 힘들었는데 조금이라도 건강하게 먹으려고 간을 하지 않고 반찬과 함께 먹었다. 더불어 식간에는 떡, 바나나, 감자, 고구마와 같은 탄수화물을 먹으며 체지방도 늘리기 위한 노력도 병행했다. 운동을 쉬는 주말에는 피자와 치킨을 먹으며 치팅데이를 가지기도 했다. 이런 방식이 처음에는 어색했지만 어느샌가 나는 점점 먹는 것을 즐기고 있었다. 초반에는 섭취한 탄수화물 때문에 혈당 쓰나미를 맞이하기도 했지만, 점점 그것에 대응하는 능력도 생기기 시작했다. 시간을 계산해서 미리 인슐린을 투여하거나 약간의 운동을 통해서 혈당이 급격히 오르는 걸 막는 단계까지 간 것이다. 그렇게 나는 바뀌어 버린 환경에 서서히 대응하며 적응해나갔다.

그 과정에서 운동 중에 저혈당을 수없이 겪기도 했고, 근육 세포가 파괴되면서 혈액에서 검출되는 CPK 효소가 정상 범위보다 약 스무 배 이상 측정되기도 했다. 간 수치 상승은 덤으로 따라왔다. 그래서 자고 일어나면 극심한 피로와 근육통을 느꼈다. 이때 운동만큼 중요한 것이 휴식이라는 것을 깨달았다. 또한 갑자기 늘어난 운동량을 몸이 감당할 수 있도록 만드는 것도 중요할 거라 여겼다. 무리한 운동 때문에 몸이 점점 혹사당하고 있었지만, 거울을 바라보면 하루가 다르게 바뀌는 내 모습이 점점 다부져 보였다. 맞닿을 것 같던 두 어깨도 넓어지고, 허벅지도 굵어지면서 나도 모르는 사이에 자신감이 차올랐다. 체격 때문에 구겨져 있던 내 마음도 운동 덕분에 서서히 펴지는 게 느껴졌다. 게다가 몸이 힘들었던 만큼 정신적으로는 그만큼의 행복이 충전되고 있었다. 시간이 흘러 보디 프로필 촬영을 할 때쯤, 나는 74.9킬로그램이라는 내 인생 최대 몸무게를 경신했다. 그 과정에서 했던 노력을 사진 한 장으로 기록하면서 막을 내렸다.

그 이후, 나는 혼자서 적당히 운동하며 먹는 양도 서서히 줄어들었고, 몸은 훈련 전 상태로 돌아갔다. 몸은 원상태로 복원됐지만 다행히 바뀐 채로 유지하고 있는 게 있다. 나도 뭐든지 할 수 있다는 자신감이다. 나도 이 자신감을 가질 자격이 있고 충분히 누리며 살 수 있다는 걸 가슴 깊이 새기고 있다. 어느 상황에 놓여도 내 방식대로 대응하면서 헤쳐나갈 수 있다는 이 생각만큼 중요한 것도 없다. 그래서 지금은 누가 나보고 말랐다고 하면 나는 슬림한 거라고 당당하게 말한다. 나는 체지방량이 낮은 것이지 골격근량은 누구보다 충분하니까.

하나를 더 잃기 전에

평화로운 주말 아침, 아내와 함께 나는 아침을 먹고 있었다. 작게 조각난 사과를 서걱서걱 한 입씩 베어 먹던 그때, 아내가 이런 말을 했다.

"자기야. 나는 늙어서도 허리 꼿꼿한 멋있는 할머니가 될 거야."

아내와 나는 직업 특성상 노인을 많이 만날 수밖에 없다. 한의사로 일하고 있는 아내는 본인에게 강렬한 인상을 남긴 구십이 넘은 노인 이야기를 들려줬다.

노인은 혼자서는 걸을 수도 없는 상황이라 항상 보호자

와 함께 방문했다. 어쩌면 환자 침대에 눕는 과정까지도 그에게는 도전이었을 것이다. 그렇게 노인은 누워서 불편한 곳에 침을 맞고 잠시라도 육체의 통증을 내려놓았단다. 그 모습에서 아내는 삶에 대한 의지를 느꼈다고 전했다. 숨이 있는 동안 본인 삶에 책임지는 모습이 인상 깊었다고 했다. 게다가 아파도 움직이기 힘들면 그냥 누워 있을 수도 있는데, 잠시지만 온전히 있고 싶은 그 마음이 감명 깊었다고 덧붙였다. 그녀의 경험담이었기에, 허리 튼튼한 할머니가 되겠다는 아내의 목표는 내게 더 비장하게 느껴졌다. 문득 생각했다. 세상에는 정말 당연한 일이 없다는 것을. 허리를 펴고 걷는 일조차 당연함이 아니라 감사함으로 느껴질 날이 반드시 온다는 것을.

불평불만으로 가득했던 과거의 나는 가진 것을 감사하게 여길 줄 알아야 행복하다는 말을 종종 듣곤 했다. 하지만 나에겐 하품 나오는 교장 선생님 조례 말씀 같았다. 가진 거라고는 기능 불량인 췌장이 전부였던 나는 무엇을 감사해야 할지 몰랐다. '다른 곳은 아직 멀쩡하니까 감사해야 하나'라고 생각할 정도였다. 그런데 나도 모르게 물들었던 그 어두운 생각도 앞에 언급했던 수많은 경험을 통해 점점 물이 빠지기 시작했다. 매우 느린 속도로 천천히. 내게서 그 흙탕물 같은 생각이 빠지는 데 적어도 이십 년은 걸린 것 같다. 강산이 두 번이나 바뀌었을 그 시간 동안, 내가 불평만 하고 가만히 있었다면 지금도 어딘가에서 헤매고 있을 수도 있다. 그나마 다행인 건 나는 뭐라도 하면서 불평했다는 것이다.

아내는 종종 말했다. 당신은 삶에 대한 애착이 정말 강한 것 같다고. 평소에 이런 생각을 해본 적 없었던 나는 순간 멈칫했다. 죽이 되든 밥이 되든 어떻게 해서든 살아남으려고 발버둥 쳤던 그 시간이 누군가에게 인정받는 기분이었다. 게다가 작은 거라도 내가 피부로 느끼며 애썼던 그 시간이 감사하다는 생각이 저절로 들었다. 아내의 한마디가 마중물이 되어 감사함을 저절로 느끼게 됐다는 거다. 더 나아가 나는 이런 생각도 했다. 마음에서 진정으로 우러나오는 감사도 경험치가 쌓여야 가능하다고. 머릿속에서 골백번 생각만 하는 것보다는 행동으로 옮겼을 때 비로소 그 감사를 알 수 있다고.

어느 날 나는 펜을 들고 종이에 감사하게 여기는 목록을 적어 나갔다. 한창 러닝에 빠졌을 때는 두 다리가 멀쩡한 게 감사하고, 인슐린 주사 덕분에 먹고 싶은 짜장면을 먹을 수 있어서 감사하고, 맑은 두 눈으로 멋진 풍경을 볼 수 있어서 감사하고, 차 안에서 노래를 들으며 우렁찬 목소리로 신나게 노래를 부를 수 있어서 감사하고, 혈당이 평탄하게 흘러가는 하루도 감사하고, 이렇게 관리하면서 살 수 있는 것, 모든 것이 다 감사했다. 지금 이렇게라도 살 수 있는 게 참 복이라는 생각이 들었다. 예전에는 누군가가 이런 이야기를 하면 입에 발린 소리를 한다며 그 사람을 비난하곤 했다. 참 경솔했지만, 그 당시 나에게는 아주 당연한 반응이었다. 내게는 당연했던 것을 감사하게 바라볼 준비가 안 되어 있었다. 지금이라도 그것을 다르게 바라볼 수 있는 눈이 생겨서 다행이다.

나는 인슐린이 분비되는 사람들의 몸이 참 부럽다. 그건 특별히 더 감사할 일이다. 누구든 내 췌장이랑 하루만 바꿔서 생활해보면 알 수 있다. 그게 얼마나 감사한 일인지를. 주삿바늘 때문에 몸 구석구석에 피멍 같은 문신이 생길 일도 없고, 채혈침 때문에 손가락 지문도 지워질 일도 없고, 짜장면 먹고 나서 혈당 스파이크가 언제 폭발할지 고민할 필요도 없고, 밥 먹고 나서 운동 안 가고 뒹굴고 싶으면 뒹굴어도 되고, 망막 혈관이 터져서 시력이 떨어지지는 않을까 걱정 안 해도 되니까. 어쩌면 인슐린이 몸에 제대로 흐르는 사실만으로도 이 글을 읽고 있는 당신은 엄청난 행운을 받은 걸 수도 있다. 다만, 그것을 경험해보지 않았기 때문에 모를 뿐이다. 그러니까 무엇을 잃고 나서 소중함을 느끼기보다는, 있을 때 감사함을 충분히 만끽하며 사는 게 좋은 삶이라고 생각한다.

요즘 나는 특별히 감사하다고 느끼는 게 있다. 내 몸에 대해서 그 누구보다 잘 알게 됐다는 사실이다. 약사라는 직업을 가진 덕분에 더 전문적인 지식이 쌓인 것도 도움 됐지만, 내가 직접 실험체가 돼서 내 몸을 겪어 보면서 대응할 수 있는 현 상태가 정말 감사하다. 어쩌면 평균 수명 백 세 시대를 살아가는 데 있어서 든든한 보험에 가입한 기분이다. 게다가 몇 십 년 동안 갈고 닦은 덕분에 생활의 달인이라 불리는 사람들처럼, 나도 그 반열에 오를 수 있지 않을까 하는 생각도 해봤다. 1형 당뇨인이 아니라 1형 당뇨 달인처럼. 이런 생각을 할 때면 피식 웃음이 나오곤 했다. 게다가 지금 내 상황을 유머러스하게 표현할 줄 알게 된 이 순간도 참 감사하다.

이 마지막 장은 이 책의 퇴고를 하며 써내려간 에피소드다. 나는 골똘히 고민했다. 앞 장에서도 감사하게 생각한다는 이야기를 조금씩 했지만 뭔가 부족한 것처럼 보였다. 현재 내 상황을 진심으로 감사하게 생각하고 있는지를 보여주기에는. 과거에 불평불만만 일삼았던 내가 지금 이렇게 책을 통해서 감사하다고 이야기하는 순간이 오리 라고는 꿈에도 생각 못 했다. 역시 인생은 일단 살고 봐야 하는 것 같다. 내 진심이 읽는 분들께 고스란히 잘 전달되 길 바란다.

약사님은 몸 관리를 위해 가장 중요하게 생각하는 부분이 무엇인가요?

저는 자연스러움을 가장 중요하게 여겨요. 간혹, 나이가 들면서 허리와 무릎 건강이 안 좋은 분들은 수술을 하고, 치아가 안 좋으면 임플란트하고, 심장혈관이 약한 분들은 스텐트 시술을 받잖아요? 과학 문명의 도움을 받아서 상태가 좋아질 수는 있지만, 후유증이 남는 안타까운 경우를 접하곤 합니다. 그래서 저는 부모님께 물려받은 제 몸에 있는 기관을 최대한 오래 쓰려고 노력해요. 본래 상태를 그대로 유지할 수는 없지만, 그 기능이 오래 유지되도록 관리하는 것이죠. 이렇게 말씀드리면 이것저것 신경 쓸 게 한두 가지냐고 반문할 수도 있습니다. 이 물음에 저는 한 가지만 제대로 관리해도 많은 것이 좋아질 거라 말씀드립니다. 그건 바로 혈관입니다.

만질 수도 없고 볼 수도 없는 혈관 이야기를 해서 당황하셨나요? 살면서 그 실체를 만날 일은 거의 없지만, 혈관을 타고 흐르는 혈액이 있어야 우리가 살 수 있잖아요? 그래서 저는 혈관을 건강하게 만들려고 노력합니다. 시간이 지날수록 혈관은 여러 가지 공격을 받게 됩니다. 우선 불순물이 많아져서 끈적끈적해진 피는 혈관을 타고 흐르면서 서서히 염증을 유발합니다. 염증의 염은 불 화(火)자 두 개로 구성되어 있어요. 비록 작은 불이지만 염증반응은 혈관을 서서히 태운다는 뜻입니다. 이처럼 저같이 당뇨가 있는 사람은 고혈당에 쉽게 노출되기 때문에, 혈관에 염증이 누적되면서 언젠가는 폭발할 수 있는 거죠. 그렇게 되면 미세한 혈관이 터지면서 망막병증이 생길 수 있고, 더 심각해지면 심장이나 뇌혈관에도 문제가 생겨서 위험에 처할 수 있습니다.

그 외에도 혈관에 영향을 주는 요인에는 스트레스, 수면 부족과 같은 다양한 것이 있죠. 저는 이 요인들을 관리하면서, 제 몸 구석구석에 건강한 피를 최대한 오랫동안 보내기 위해 최대한 혈관을 신경 쓰고 있습니다.

그렇다면 혈관 관리를 위해서 어떤 노력을 하나요?

저는 크게 세 가지를 신경 쓰는 편이에요. 그것은 스트레스에 둔감해지기, 수면 시간, 그리고 오장육부 비우기입니다.

하나씩 설명할게요. 첫 번째, 스트레스가 만병의 근원이라는 말도 있듯이, 저는 부정적인 감정을 담아 두지 않으려고 노력해요. 저도 예민할 때가 많아요. 그래서 일상에서 마주하는 일에 크게 동요하지 않으려고 합니다. 물론 짜증이나 화가 날 수는 있지만, 그것을 겉으로 드러내는 건 또 다른 문제인 것 같아요. 감정을 밖으로 표출하면 오히려 그 감정에 지

배당할 수 있기 때문이죠. 그래서 잠깐 심호흡하면서 명상하거나, 저녁에 운동장 한 바퀴 돌면서 부정적인 에너지를 밖으로 빼내려고 해요. 그러면 혈액순환과 함께 마음도 순환되는 효과가 있어서 좋습니다.

두 번째는 잠을 잘 자려고 노력해요. 이건 스트레스와도 연결됩니다. 평소보다 한 시간이라도 적게 잔 다음날에는 혈당 변동 폭이 평소보다 더 높았어요. 그래서 관리가 평상시보다 하기 힘들었죠. 이처럼 잠을 제대로 못 자면 스트레스 때문에 컨디션부터 혈당까지 모든 게 엉망이 됩니다. 그래서 저는 적어도 일곱 시간은 자려고 노력해요. 본인에게 알맞은 수면 시간을 제대로 아는 것도 중요합니다.

마지막은 최대한 속을 비우는 거예요. 오장육부가 많이 일하는 만큼 우리 혈관에는 그만큼 불순물이 쌓입니다. 그래서 야식을 먹고 자면 우리 장부가 하루 종일 일을 해서 지치겠죠. 그래서 음식도 소화를 제대로 못 시킬 거예요. 이런 게 계속 장에 남아 있다면 혈관에 다 독소처럼 작용하고요. 그래서 저는 밤 여덟 시 이후에 아무것도 먹지 않으려고 해요. 오장육부에 휴식을 주기 위해서요. 앞에 제가 말씀드린 세 가지는 많은 분들이 귀에 딱지 앉도록 들었을 겁니다. 본인에게 맞는 방법을 찾는 게 중요합니다.

마지막으로 건강을 대하는 마음에 대해
덧붙이고 싶은 말이 있나요?

건강에 돈보다는 시간을 투자하라고 말씀드리고 싶어요. 저는 약국에서 시간보다는 돈으로 해결하려는 분들을 간혹 만납니다. 생활 습관을 점검해보는 게 더 필요한 분들이지만 건강 식품을 섭취하는 것만으로 건강을 보살피고 있다고 생각하는 분들이 생각보다 많았어요. 물론 그 제품이 건강에 도움은 되겠죠. 하지만 그 식품도 몸이 받을 수 있는 상태여야 큰 효과를 발휘한다는 걸 아셨으면 합니다. 특히 건강에 돈을 투자한다면 전문가에게 운동하는 방법을 익히는 데 투자하라고 말씀드리고 싶어요. 젊을 때야 마음대로 해도 큰 탈이 안 날 수도 있지만, 나이가 들수록 정확한 자세로 운동하는 것이 중요하거든요. 잘못된 자세로 운동했다가 다쳐서 운동을 안 하게 되는 분을 보면 안타까울 때가 많습니다. 그래서 정확한 운동 방법을 익히는 데 시간과 돈을 투자하라고 말씀드리고 싶습니다. 아마 그 투자 효과는 복리에 복리가 붙어서 평생 따라올 거라 확신합니다. 제가 지금 그 효과를 누리고 있으니 자신 있게 말씀드릴 수 있어요.

아직 끝나지 않은
문장 속에서

어느 5월의 따뜻한 봄이었습니다. 저는 퇴근길 차 안에서 빨간 신호를 보고는 정지선에 멈췄습니다. 그리고 도로 옆에 조용히 넘실거리는 강물을 바라보았어요. 해와 달이 각자의 역할을 맞바꾸는 그 순간에, 노을빛이 아른거리는 강물 위로 아름다운 윤슬이 보였죠. 분명 몇 초의 짧은 순간이었지만, 그걸 바라보던 저는 문득 이런 생각을 했습니다. 제가 1형 당뇨와 만나지 않았다면 제 삶은 어땠을까 하고요.

역사에는 만약이라는 것이 없다지만 저는 궁금했어요.

'우울과 불안보다는 웃음과 더 친하게 지냈을까?', '아무 문제도 없는 몸 덕분에 더 행복했을까?' 다시 태어나도 알 수 없는 질문만을 혼자 늘어놓았죠. 예전에는 이런 생각을 하는 자신이 초라하게 느껴졌습니다. 현실에 발붙이지 못하고 살아가는 제 모습이 가엾기만 했어요. 그런데 곰곰이 생각해보니 제게 1형 당뇨가 없는 현실을 더 상상할 수가 없습니다.

과학이 훨씬 발전해서 췌장 이식 수술 같은 분야에 서슴없이 접근할 수 있더라도, 제가 1형 당뇨와 작별하는 선택을 할지는 현재로선 잘 모르겠어요. 약 삼십 년을 함께하다 보니 세상에서 둘도 없는 친구가 된 것 같아요. 지금 이런 생각을 하는 자신을 보니 참 우습기도 하네요. 그렇게 긴 시간 저를 따라다니며 원수처럼 힘들게 했는데, 친구라고 표현할 정도면 저도 꽤 단단해졌나 봅니다.

요즘 저는 그 어느 때보다 평온한 일상을 보내고 있습니다. 이 평온함을 느끼려고 여태까지 그렇게 힘들었나 싶을 정도네요. 아침에 일어나서 아내와 밝게 인사를 하고, 출근길에 부모님에게 전화로 안부 인사를 하며, 약국에서 일을 마친 뒤 퇴근하고 집에 와서는 저녁을 먹고 아내와 함께 산책하거나 운동하며 하루를 마무리합니다. 이런 일상이야말로 제가 꿈꾸고 바랐던 것이었죠. 평범한 게 가장 이루기 힘든 거라고 하지만, 어떻게든 버티다 보니 어느덧 그 꿈에 다다랐어요. 그래서 지금 저는 제 삶에 그 어느 때보다 만족하며 잘 지내고 있습니다. 그전에는 만족감이란 게 어떤 건지 잘 몰랐는데, 이런 느낌이구나 하고 알게 된 요즘입니다.

어쩌면 사람은 이 만족감을 찾아 헤매는 존재가 아닐까요. 아내와 대화하다가 생각해볼만한 이야기가 있어서 공유해보려 합니다.

혹시 살면서 만족할 만큼 동시에 가지기 힘든 세 가지가 뭐냐고 묻는다면 어떻게 대답하실 건가요? 제 아내는 시간, 돈, 건강 이 세 가지라고 답하더군요. 저는 이 답을 들었을 때 앞으로 나아가야 할 방향을 제대로 설정해야겠다고 마음먹었어요. 대체로 젊어서는 건강하고 시간이 많을 수 있지만 돈이 없는 경우가 많고, 중년에는 건강과 돈은 있을지언정 그것을 누릴 시간이 없으며, 노년기에는 시간과 돈이 있더라도 그것을 누릴 건강이 없을 수 있잖아요. 그래서 저는 시간의 흐름에 따라 만족해야 하는 부분도, 만족하는 방식도 다르게 설정해야겠다고 생각했습니다. 게다가 세 가지 모두 다 영원하지 않으니까, 때에 따라 적절하게 추구하는 게 현명할 거예요. 그래도 제가 앞으로 항상 추구해야 할 첫 번째는 역시나 건강입니다. 아마도 이 순위는 변함없을 거예요. 아직 기운 팔팔한 삼십 대 중반인 저는 앞으로 하고 싶은 게 많거든요. 그것을 다 경험하려면 무엇보다 건강해야 하잖아요. 제게 맞는 답을 찾은 것처럼, 어쩌면 인생은 완벽한 답을 찾는 것이 아니라 그 과정에서 나를 발견하는 것일지도 모릅니다.

강물은 언제나 흐르지만 그 물결을 바라보는 사람마다 다른 의미를 발견하듯이, 우리는 똑같은 하루를 살아도 저마다 다른 가치를 만들어 냅니다. 제게 1형 당뇨는 처음엔 저주처럼 느껴졌지만, 이제는 삶을 더 깊이 들여다보게 만든 거울 같은 존재가 되었어요. 그래서 지금은 이렇게 생각합니다. 우리가 마주한 어려움은 단순히 극복해야 할 장애물이 아니라, 우리가 누구인지 알아 가는 과정 그 자체라고요. 그 과정에서 우리는 조금씩 성장하고, 조금씩 단단해지며, 조금씩 각자의 답을 찾아갈 겁니다.

덧붙여, 제 이야기를 함께 읽어준 당신에게 전하고 싶은 한 가지가 있습니다. 삶은 완성된 문장이 아니라, 여전히 써 내려가는 문장이라는 것을요. 때로는 쉼표가 길어질 수도 있고, 문장이 비틀려 보일 수도 있습니다. 하지만 정해진 문법보다 중요한 것은 문장의 방향이고, 문장의 주어는 언제나 나라는 사실입니다. 결국 우리가 하는 모든 시도는 자기 자신을 더 잘 이해하기 위한 여정일지도 모릅니다. 행복도, 만족도, 나에게 맞는 답도 그 끝에 있는 것이 아니라, 그 길 위에서 조금씩 모양을 갖춰가는 과정에 있을 겁니다. 그러니 지금 어떤 자리에서 이 글을 읽고 있든, 잠시 고개를 들어 스스로에게 물어보면 좋겠습니다. '나는 지금 내 문장을 어디까지 써 내려가고 있지?' 하고요. 이 물음이 당신의 하루를 조금 더 단단하게 만들어 줄 거라 믿습니다.

마지막으로 제 원고를 세상에 선보일 수 있게 손을 내밀어주신 SIGONGSA 출판사에 진심으로 감사의 말씀을 전합니다. 언제나 묵묵히 저를 믿고 응원해주시는 부모님과 항상 옆에서 보조 작가처럼 영감을 주는 아내 J에게 늘 고맙고 사랑한다는 말 전합니다. 현재 어두운 터널 안에서 헤매고 있는 분들이 있다면 언젠가는 꼭 그 터널의 끝을 볼 수 있다는 걸 말씀드리고 싶습니다. 제가 그 증거잖아요.

나는 매일 아침 피를 봅니다

초판 1쇄 인쇄일 2026년 3월 11일
초판 1쇄 발행일 2026년 3월 24일

지은이 박상욱

발행인 조윤성

편집 구민준 **디자인** 정은경 **마케팅** 최기현
발행처 ㈜SIGONGSA **주소** 서울시 성동구 광나루로172 린하우스 4층 (04791)
대표전화 02-3486-6877 **팩스(주문)** 02-598-4245
홈페이지 www.sigongsa.com / www.sigongjunior.com

ISBN 979-11-7125-917-5 (03810)

WEPUB 원스톱 출판 투고 플랫폼 '위펍' __wepub.kr
위펍은 다양한 콘텐츠 발굴과 확장의 기회를 높여주는
SIGONGSA의 출판IP 투고·매칭 플랫폼입니다.